大自然の魔法師アシュト、廃れた領地でスローライフ 5

さとう
SATOU

Illustration
Yoshimo

ルナマリア
ミュディの姉にして、
リュドガの副官。見た目
とは裏腹に脳筋。
ミュディ
優しくて家庭的な
アシュトの幼馴染。
魔法適性は「爆破」。
リュドガ
アシュトの兄。
『雷帝』として名を知られる、
大国ビッグバロッグの
将軍。
アシュト
本作の主人公。
魔法適性が「植物」だった
ために家を追放され、
魔境オーベルシュタインの
領主となる。

主な登場人物
CHARACTERS
ミュア
銀猫族の少女。
一人前のメイドさんを
目指して修業中。
エルミナ
希少種族ハイエルフの
美少女。こう見えて
大のお酒好き。
ヒュンケル
リュドガの副官。
イケメンで面倒見が良く、
気苦労が絶えない。
シェリー
アシュトの妹。
『氷姫』の異名を持つ、
元・王国最強の魔法師。

第一章　春の訪れ

すっかり春の陽気になった。

雪がわずかに残っているが、すぐに消えるだろう。庭にあったかまくらには魔法がかけられており、妹のシェリーに解除してもらうとあっという間に崩《くず》れてしまった。

少し悲しいが仕方ない。これも春が到来した証《あかし》だ。

雪が溶けたことにより、農園や果樹園も再開する。

俺の魔法で土を耕し、ハイエルフや銀猫《ぎんねこ》族が種や苗を植える。

以前手に入れたクリの苗木も植え、植木人《ツリーマン》のウッドにお願いして増やしてもらった。これでクリがいつでも食べられる。

あ、そうそう。暖かくなったから、ウッドや、ウッドの仲間であるベヨーテが外で遊べるようになった。そこで、ウッドたちと一緒に門番のフンババのもとへ行った。

『ア、アシュト』

「やあフンババ。ようやく春になったな」

植物の巨人フンババは、のんびりしたまま空を見上げていた。

だが、ウッドやベヨーテの姿を見ると、喜びをあらわにする。

『オオ！　フタリトモキタノカ！　オラ、ウレシイ！』

『ヒサシブリダナ……マタ、セワニナルゼ』

『フンババ、フンババ！　マタイッショ、マタイッショ！』

うーん、植物たちの会話だ。

ウッドはぴょんぴょん跳ね、ベヨーテは近くの木に寄り掛かって帽子《ぼうし》を傾《かたむ》けていた。

日差しは柔《やわ》らかい。今日も一日晴れそうだ。

俺はのんびりと呟《つぶや》いた。

「春だなぁ……」

◇◇◇◇◇◇

村の外れに行ってみると、早くも教会の建設が始まっていた。

鍛冶場《かじば》では、スライム製のステンドグラスが作られ、教会の鐘《かね》も立派なものが作られていた。

「おう村長！」

「こんにちは、アウグストさん」

ヘルメットをかぶり、図面を広げていたのはエルダードワーフのアウグストさんだ。

他のエルダードワーフやサラマンダー族に指示を出し、現場監督の立ち位置で仕事をしている。

アウグストさん……というか、エルダードワーフとサラマンダーたちは上機嫌だった。

「久しぶりの大工仕事だ。しかも村長と奥さんの結婚式場となると、気合も入るってもんだ。見てろよ、ワシらエルダードワーフが最高の教会を建ててやらぁ！」

「あ、ありがとうございます。期待しています」

教会に関しては問題なさそう。ここが完成したら、念願の結婚式だ。

結婚式で着るドレスのデザインについては、ミュディを中心に女性陣が毎日話し合っている。

俺が混ざろうとしたらシェリーに押しのけられた。まぁ楽しみは取っておこう。ちなみに、俺のタキシードは白を基調とした一般的なもので落ち着いた。

「そういやぁ、さっき嬢ちゃんたちが様子を見に来たぜ」

「え、ミュディたちですか？」

「ああ。みんな仲良くな。しかも『これから毎日来ます。頑張ってください♪』って言ってよ、差し入れまで持ってきたわい」

「そ、そうですか……」

ミュディたち、気になってるのか……まぁいいか。

さて、村の見回りを続ける。

住人たちは外で仕事を始めている。龍騎士たちに挨拶したり、すれ違うハイエルフや銀猫族にも声をかけたりした。モグラみたいなブラックモール族もちょこちょこと歩いて仕事をしている。

解体場に向かうと、魔犬《まけん》族の男子三人とデーモンオーガの二家族がいた。

「あ、おにーたん！」

俺に最初に気が付いたのは、デーモンオーガの少女エイラちゃんだった。

手を振ると、魔犬族の男子三人は頭を下げ、デーモンオーガたちは友好的に迎えてくれる。

「お疲れ様です、村長」

「こんにちは。ベイクドさん、アルノーさん、ゲイツさん」

魔犬族の男子三人。リーダーのベイクドさん、アルノーさん、ゲイツさんだ。

最初は狩りをしてたけど、デーモンオーガ一家が来てからはもっぱら解体業に力を注いでいる。

ところで……この三人、彼女がいるんだよな。

「あ、あの？　村長？」

「お、オレたちの顔になにか付いてます？」

「おい、なにかまずいことやったんじゃ……」

しまった。ついついじっくり見てしまった。俺は慌てて話題を振る。

「えーと、今日はみなさんお揃《そろ》いでどこへ？」

よく見ると、デーモンオーガたちは完全装備だ。

聞くまでもない気がするけど、父親のバルギルドさんが答えてくれた。

「これから春の初狩りに出る。暖かくなると大物が起きだすからな、期待していてくれ」

案の定、狩りでした。大物を期待しています！

ベイクドさんたちは、解体の準備というわけか。道具を準備してやる気満々だ。

すると、娘のノーマちゃんが俺の腕を抱きかかえる。エイラちゃんも反対側にじゃれついた。

「ねーねー村長。大物狩ってくるからさ、春の宴会をやろうよ！」

「やろーよ！」

「え？　春の宴会？」

「そーそー！　みんなで集まってさ、おいしい料理食べて、飲んで騒《さわ》いで……んぎゃっ⁉」

そこまで言った時、母親のアーモさんがノーマちゃんにゲンコツした。

「こら！　村長を困らせないの！」

「いったぁ～……」

「きゃはは！」

エイラちゃんは楽しそうだ。それにしても春の宴会か……悪くないかも。

「申し訳ありません村長。ノーマの言うことは気にしないでください」

「えぇ～……いいじゃんいいじゃん！」

「ノーマ！」

「は～い……」

そう言って、デーモンオーガの両家は狩りに出かけた。

怒られたノーマちゃんを弟のシンハくんがからかい、ノーマちゃんは反撃し、ディアムドさんの息子キリンジくんに止められ、エイラちゃんがケラケラ笑い、互いの両親が微笑《ほほえ》ましげに見守る。

なんとも平和な光景だ。

「う～ん……宴会、かぁ」

文官のディアーナに相談してみるか。

というわけで、村の中枢《ちゅうすう》……もとい、執務邸《しつむてい》へ向かう。

「なるほど、春の宴会……新年会ですか。いい考えですね」

執務邸でディアーナに相談すると、意外にも好感触だった。

「冬の備蓄がまだ余っていますし、交易《こうえき》も再開します。ある程度消費しておく方がいいでしょう」

「お、じゃあ」

「はい、いい機会です。住人たちも喜ぶと思いますよ」

「よし、じゃあ新年会を開催するか。準備もあるし、日程は……」

「こちらで調整します」

「わかった。じゃあ俺はシルメリアさんに伝えてくるよ」

「はい。お願いします」

というわけで、春の新年会を行うことになった。

第二章　にゃんことわんこの焼き物体験

新居に戻ると、銀猫族の少女ミュアちゃんと、魔犬族の少女ライラちゃんが、銀猫族のリーダーであるシルメリアさんに怒られていた。

ふむ……割れた花瓶《かびん》、傍《そば》に落ちているボール、垂《た》れた二人のネコミミとイヌミミ……なるほど、ミュアちゃんとライラちゃんがボール遊びをしていたら、ボールが部屋に飛んでいって飾ってあった花瓶を割ってしまったというところだろう。

「お帰りなさいませ、ご主人様。申し訳ありません、すぐに片付けますので」

「ん、ああ、はい」

「ミュア、ライラ、これからは気を付けるように」

「にゃう……」

「わぅぅ……」

激おこのシルメリアさんは手早く花瓶を始末して部屋を出た。

俺は二人の頭にそっと手を乗せる。

「大丈夫？　怪我はしてない？」

「にゃあ……怒られちゃった」

「わふ……花瓶、割れたー」

「よしよし。ちゃんとシルメリアさんにごめんなさいはした？」

二人はぷるぷる首を横に振る。どうやら、シルメリアさんの雷が落ちた直後に俺が来たせいで、謝るタイミングを逃してしまったようだ。とりあえず頭をなでなで……

「ふにゃあ……」

「くぅん……」

よし、蕩《とろ》けた。さっそく事情を聞くと、俺の推理は当たっていた。

「マンドレイクとアルラウネがウッドたちと日向ぼっこしてるから、わたしとライラでボール遊びしてたの」

「わぅぅ。それで、ミュアの投げたボールが窓から入って、花瓶を倒しちゃったの」

「なるほど……そこをシルメリアさんに見つかって怒られたってことか」

「「………………」」

「ん？　……違うの？」

あらら、またネコミミとイヌミミが萎《しお》れてしまった。別の理由があるらしい。

「二人とも、怒らないからちゃんとお話をしてごらん」

「にゃ……」

「わう……」

ミュアちゃんとライラちゃんは顔を見合わせ、俯《うつむ》いたまま話し始めた。

「あのね、花瓶を割っちゃったから……怒られると思って、かくそうとしたの」

「わう……お花を拾って、ぞうきんで床を拭《ふ》いて、破片を拾ってたら、シルメリアに見つかって……いっぱい怒られたの」

「なるほど……」

つまり、証拠隠滅か。

懐《なつ》かしい。子供の頃、俺もやったなぁ……リュドガ兄さんの本を破いちゃって、自分の部屋に隠しておいて、あとでこっそり町の本屋で同じの探して戻そうとして……でも、リュドガ兄さんには全てお見通しで、町の本屋で兄さんが俺を待ち伏せして……ちょっとだけ怒られて、そのあとで本を買ってくれたんだ。


「にゃぅぅ……シルメリア、怒ってた」

「んー……確かに、それは悪いことしちゃったね」

「くぅん……ごめんなさい」

「うん。でも、それを言うのは俺にじゃない。シルメリアさんにきちんと謝ろうね」

「でも、ゆるしてくれにゃいかも……にゃあぅ」

「わぅぅん……」

あらら、泣いちゃった……不謹慎《ふきんしん》だが、泣き顔も可愛い。

俺は花瓶の置いてあったサイドテーブルを見て……思いついた。

「そうだ！　いいこと考えた」

◇◇◇◇◇

「……で、ここに来たってわけか」

「はい！　よろしくお願いします！」

「にゃう！　よろしくー！」

「わん！　よろしくー！」

俺とミュアちゃんとライラちゃんがやってきたのは、エルダードワーフの鍛冶場。

鍛冶場で作るのは鉄製品だけじゃない。家具や置物や細かな日用品、ディミトリ商会やマーメイド族に卸《おろ》す商品など、様々なものを作っている。

ほとんど足を運ばなかったから気付かなかったが、改めて見ると工房の建物がかなり大きくなっていた。各部門ごとに作業をしているようだ。

俺が挨拶したのは、ここの責任者であるラードバンさんだ。最初期にいたエルダードワーフ五人のうちの一人で、鍛冶関係はこの人にお任せである。

「ラードバンさん、この子たちと一緒に新しい花瓶を作りたいんです。どうかご指導、よろしくお願いします」

「「おねがいしまーす！」」

ミュアちゃんとライラちゃんはペコっと頭を下げた。

そう、割れたなら作ればいい。替えの花瓶はあるだろうが、反省の意を込めて手作りでやろう。

「ま、別に構わんぜ。こっちに来な」

案内されたのは、ハイエルフ数人が作業している焼き物関係の工房だ。

花瓶や茶わん、水差しみたいな陶器から、ディミトリ商会に卸す工芸品なんかも作っている。

「おい、指導してやってくれ」

「あれ、村長じゃん？」

「ミュアとライラも、珍しいね」

髪を乱雑にまとめ、手を泥まみれにしたハイエルフだ。確か名前は……

「ええと、ピンネとカトラだっけ？」

「お、正解！　さっすが村長、ほとんど喋ったことのないあたしらの名前を覚えてるなんてね！」

「嬉しいねぇ、ふふ、さっすがエルミナの旦那《だんな》さん！」

ハイエルフって、農園だけじゃなくていろんな場所で働いているんだよな。

すると、ピンネが言う。

「はいはい、あたしは村長、カトラは子供を担当するね」

「「おねがいしまーす」」

「はいよろしく。じゃあこっちねー」

カトラは、子供を連れて『ろくろ』のもとへ。このろくろで陶器を作るそうだ。

俺はピンネの使っているろくろの傍に座り、さっそく花瓶作りを習う。

「まず、あたしがお手本を見せるね」

ピンネが練った粘土《ねんど》をろくろの上に置くと、どういう原理なのか、ろくろが回転する。

そしてピンネが器用に手を動かしたら、見る見るうちに丸くデコボコだった粘土が綺麗な筒状の形に変化していく。

たった数分で細い筒状の粘土が完成した。

「ま、初めてなら形に拘《こだわ》らず、『花瓶のような形』を目指して作るといいよ。じゃあ次は村長ね」

「え⁉　も、もうやるのか？」

「そりゃやらないと始まらないっしょ」

そういったわけで、レッツ花瓶作り。粘土をセットして、ろくろが回転……

「え、ええと……」

とりあえず、ピンネの真似をして粘土に手を添《そ》える……が、これが思ったより難しい。少しでも手の位置がずれると、粘土はぐにゃぐにゃになってしまう。

「どれどれ、ちょっとお手伝い」

「え、ちょっ……」

「ほら村長、集中集中」

な、なんということでしょう。ピンネが俺の背中に覆《おお》いかぶさっているではありませんか。

そして、俺の両手を掴《つか》み、ろくろの回転に合わせて動かしていく……

「ほら、手を固定して流れるように……って、村長？」

「なな、なんだ？」

「……へぇ～」

俺は顔が火照《ほて》っていた。

そりゃそうだ。胸は当たっているし耳に吐息《といき》がかかるし……いやもう、マジで勘弁してくれ。

「ふふ、村長ってかわいいねぇ」

「勘弁して……」

結局、完成したのは個性的な花瓶だった。

それから結構な時間が経過し、カトラが声を上げた。

「こっちもできたよ～」

「にゃう！　かっこいいのできたー」

「わぅぅ、わたしもー」

ミュアちゃんとライラちゃんも、それぞれ花瓶を完成させたようだ。

二人が作ったのは花瓶が一つと、形がそれぞれ違う陶器の、合計で三つ。

「ふふ、花瓶を二人で作って、あとはシルメリアさんへのお土産《みやげ》なんだって」

「へぇ、どれどれ」

ミュアちゃんが作ったのはコーヒーカップ。歪《いびつ》な形だがミュアちゃんの愛が詰まっている。

ライラちゃんが作ったのは湯飲み。こっちも少し傾いているが、ライラちゃんの感謝の気持ちが感じられる。

「あとは乾燥させて焼くだけだよー」

「ああ、よろしく」

こうして、焼き物体験は終わった。

完成まで結構かかるらしい。まぁ仕方ない。

おっと、シルメリアさんに新年会のこと伝えないと。割れ物騒動ですっかり忘れていた。

「にゃあ。たのしみ」

「わふ。ねんど、たのしいね」

ま、そんなに急がなくてもいいか。二人が元気になって何よりだ。

新居に戻ると、シルメリアさんが新しい花瓶を持っていた。

少しドキッとしたが、俺は平静を装って言う。ちなみにミュアちゃんとライラちゃんは使用人邸に帰ったのでこの場にはいない。

「あ、あーシルメリアさん、その花瓶は？」

「はい。ミュアとライラが割ってしまったので、代わりのものを」

「そ、そうですか」

せっかくだし、新しい花瓶ができるまで待っていてほしい。

俺はなんとかごまかすことに決めた。

「え、ええと、また割れるといけないし、とりあえず花を飾るのはやめておきましょうか」

「？　……は、はい」

「そ、それよりも、少し話があるんです。ちょっといいですか？」

「はい、かしこまりました。ご主人様」

シルメリアさんは一礼し、近くの棚に花瓶をしまった……ふぅ。

さて、本題だ。

「実は、新年会を行うことになったんです」

「新年会、ですか？」

「はい。春になったし、これから畑仕事や大工仕事も本格的に始まりますからね。また今年も頑張ろうって意味を込めて、みんなでパーッとやろうと思って」

「なるほど……だから宴会場の拡張が始まっていたのですね。さすがです、ご主人様」

「え」

宴会場の拡張？　き、聞いてないけど。

まぁ、住人も増えたし、宴会場はちょぃと手狭《てぜま》だとは思っていたけどさ。エンジェル族の整体師や畑仕事に転移で来ているデヴィル族なんかも加えると、三百人以上はいるからな。

「ええと、そこで大変かもしれないんですけど、銀猫たちに豪華な料――」

「お任せください!!　腕によりをかけて作らせていただきます!!」

「うおっ⁉」

言い終える前に快諾してくれたよ……よっぽど料理好きなんだな。

「と、とはいえ細かい日程はまだ決まってないです。あと、ハイエルフの里やワーウルフ族の村にも参加するか聞いてみるつもりですし……」

「わかりました。全銀猫に伝えます」

「は、はい」

一応、ハイエルフの里とワーウルフ族の村、世話になっている商人のディミトリとアドナエル、それと魔界都市ベルゼブブの市長であるルシファーにも新年会のことは伝える予定だ。招待状の手配や料理の準備で、少し時間が必要かもしれない。

さて、一度ディアーナのところに戻るか。

第三章　新年会の準備

「やぁ、アシュト」

ディアーナの執務邸に戻ると、優雅にカーフィーを飲む優男《やさおとこ》と、その後ろで彫像《ちょうぞう》のように佇《たたず》むデーモンオーガの男性がいた。

「る、ルシファー？　ダイドさんも……」

「やあ。暖かくなってきたし、仕事も一段落したんでね。妹の様子を見に来たついでに、君に挨拶しておこうと思って」

「そ、そうか……」

チラリとディアーナを見ると、「はぁ～」とため息を吐《つ》いた。ちなみに、ルシファーの妹とは彼女のことである。

ディアーナも聞かされていない、完全なサプライズ訪問だったようだ。その証拠に、文官娘のセレーネとヘカテーがガチガチに緊張してる。

「そうそう聞いたよ、新年会をやるって話!!」

「ああ、お前も参加するか？　はは、招待状を送る手間が省けたよ」

「もちろんさ。ぜひとも参加させてもらうよ」

「じゃあ、詳細が決まったら……ディアーナ経由で知らせるよ」

「ああ、期待してるよ、アシュト」

ディアーナを見ると、なぜかジト目で見られた。

「ふふ、アシュト、ベルゼブブに来るなら知らせてくれよ。本気のもてなしで歓迎するからさ」

「は、はは……わかったわかった」

ちょっと怖い。まさか、巨大な蠅《はえ》が隊列を組んで出迎えたり……しないよな？

「あ、それと結婚式も呼んでくれよ!!　友人代表として祝辞を述べるからさ」

「あのな、そういうのは普通俺が頼むもんじゃないか？　それにお前とはそこまで深い付き合いじゃないぞ」

「つれないなぁ……でも、招待はしてくれよ？」

「はいはい」

ルシファーは魔界都市の市長。対する俺は小さな村の村長。はたから見たら対等な立場とは言えないが、俺たちはそんなこと気にしなかった。

「さーて、せっかくだし何か手伝おうか？　ディアーナ、僕にも仕事をくれ」

「……部外者に任せる仕事はありません。お客様はどうぞお寛《くつろ》ぎを」

「はははは!!　やれやれ、一本取られたね」

ルシファーは、飲みかけのカーフィーを一気飲みした。

◇◇◇◇◇◇

次に向かったのは悪魔商人ディミトリが経営する、『ディミトリの館・緑龍《りょくりゅう》の村支店』だ。中に入ると、ハイエルフのエルミナがお買い物を楽しんでいた。いろいろとあって、エルミナは今や俺の奥さんである。

「あ、アシュトじゃん」

「よう。何買ったんだ？」

「ん、これ」

エルミナが出したのは、釣り具一式だった。

竿《さお》になんだか見慣れない道具が付いている。丸いものに糸が巻かれ、取っ手のようなものが付けられている……なんだこれ？

「釣り道具、だよな？」

「うん。春になったし、湖の魚たちも起きだす頃よ。海のお魚は美味《おい》しいけど、やっぱり私は湖や川の魚が好きかな」

「なるほど。自分で釣りに行くのか……で、それは？」

見慣れない道具を指差すと、カウンターにいた支店長のリザベルが答えてくれる。

「そちらは『リール』と呼ばれる道具です。取っ手を巻くと糸が巻かれる仕組みになっています」

「へぇ……なんか面白そうだな」

「アシュトもやる？　竿なら二本あるわよ」

「お、いいね。やるやる」

「うん。エサの調達もあるから、明日一緒に湖まで行こっ」

「ああ」

おっと、エルミナとリザベルに伝えておかないと。

「そうだ二人とも、近いうちに春の新年会を行うことになった」

「新年会ですか？」

リザベルが少しだけ首を傾《かし》げた。

「ああ。リザベル、よかったらディミトリに伝えておいてくれ。招待状は改めて送るからさ」

「わかりました。会長は出席すると思いますが、伝えておきましょう」

「新年会!?　なにそれ楽しそう!!」

エルミナが興奮し始める。

「酒や料理もいっぱい出すし、宴会場は拡張までしてるらしいから、結構な規模になると思うぞ」

「わーお!!」

エルミナはウキウキな足取りで店を出ていった。

「新年会ですか……」

「ああ。お前も参加しろよ」

「はい。せっかくですので参加させていただきます」

さて、一度新居に戻るか。ミュディたちにも伝えないとな。

新居に戻り、幼馴染《おさななじみ》の――いや、もう奥さんか――ミュディの部屋のドアをノックした。

「はーい」

「俺だ。開けていいか？」

「どうぞー」

ドアを開け、ミュディの部屋の中へ……って、何気に入るの初めてじゃね？

「あ、お兄ちゃん」

「ん？　シェリーもいたのか。ちょうどいい」

「どうしたの？　アシュト」

ミュディの部屋は、可愛らしいぬいぐるみや刺繍《ししゅう》の施されたカーテンがあり、ベッドシーツやソファまで、ミュディの趣味全開だった。

花が好きなミュディは、部屋をカラフルな花の柄で彩《いろど》っていた。思わずきょろきょろしていると、シェリーが言う。

「お兄ちゃん、女の子の部屋をジロジロ見るのはよろしくないよ」

「う、ごめん」

「あ、あはは……」

恥ずかしいのか、ミュディは曖昧《あいまい》に笑った。と、とにかく。さっさと用事を済ませ……

「ん？　二人とも、何か書いていたのか？」

「「!?」」

ミュディとシェリーの手に黒いインクが付いていたので、そう質問してみた。

ミュディはともかく、書類仕事が大の苦手で専属の文官を雇っていたシェリーが字を書くとは思えないんだけどなぁ……

「べ、別に？　それよりアシュト、何か用事？」

「ああ。実は、春の新年会を開こうと思ってな。参加するだろ？」

「も、もちろん!!　ねぇミュディ」

「う、うん。わたし、いっぱいお菓子作るね!!」

「ああ、頼む。邪魔して悪かった、それじゃあな」

「う、うん」

「ば、ばいばーい」

招待状はあとで出せばいい。この辺はディアーナに任せておこう。

よし、薬師《くすし》としての仕事もあるし、一度薬院へ行くか。

◇◇◇◇◇◇

「あ、あっぶなかったぁ～……ナイス、ミュディ」

「う、うん。アシュトってば、鋭いよね」

「ええ……まったく、バレるところだったわ」

「うん。結婚式で着るドレスのデザイン、まだアシュトに見られたくないもん」

「そーね。どうせならサプライズで驚かせたいわ」

「そうだね。じゃあ、続きを考えよっか！」

「うん！　じゃあまずミュディのこれ、もうちょっと胸元を開けた方がいいと思うのよ。ミュディってば胸大きいし……」

「で、でも、恥ずかしいよ……」

「いいからいいから、はい決定！」

◇◇◇◇◇◇

薬院に行くと、ワーウルフ族のフレキくんが薬草関係の本を読んでいた。

「あ、お疲れ様です、師匠！」

「フレキくん？　今日は休みのはずだけど」

「いえ、その、ここにある本が読みたくなって……申し訳ありません」

「ああいや、いいよ。ゆっくりしてくれ」

「ありがとうございます！」

フレキくん、本当に逞《たくま》しくなったよなぁ。冬の間は実家に帰っていたけれど、一冬見ないだけでこんなにも立派になるとは……もう、俺の教えなんて必要ないんじゃないかな？

「あ、そうだフレキくん」

「はい、師匠」

「実はさ、冬も終わったし新年会を開こうと考えているんだ。そこで、ワーウルフ族の方々を招待しようと考えてるんだけど、どうかな？」

「え、えぇぇっ⁉」

「あ、さすがに全員は無理だけど……村長や代表の方数名とか、来られるかな？」

「は、はい‼　きっと喜ぶと思います‼」

「そっか。近いうちに招待状を送ると思うから、その時はよろしくね」

「はいっ‼　ありがとうございます‼」

フレキくんは立ち上がり、ガバッと頭を下げた。

ワーウルフ族の村人には久しく会ってないし、これを機に交流を深めよう。いつも美味しいコメをありがとうございますってね。

少し仕事をしたらまた村を回るかな。

◇◇◇◇◇◇

宴会場の前を通りかかると、アウグストさんが図面を広げ、サラマンダーたちに指示を出していた。さっきまで教会を建てていたはずなのに、すごい行動力だ。

「また会いましたね、アウグストさん」

「おう、さっきぶりだな村長。聞いたぜ？　新年会をやるってなぁ!!　がっはっは、この宴会場も狭くなったし、美味《うま》い酒のために立派なのを作るからよ、こっちも期待して待ってろや!!」

「は、はい。ありがとうございます」

相変わらず、酒が絡むととんでもなく元気になる。

丸太を運ぶサラマンダー族、ディミトリの館で買った工具で丸太を加工するエルダードワーフ。そこら中で金槌《かなづち》やネイルガンの音が響いている。すごいな……職人たちの奏でるオーケストラだ。

「あ、そうだ。アウグストさん、いきなりで申し訳ないんですが、この宴会場に個室を作ることは可能ですか？」

「個室だぁ？　何に使うんだよ」

「いや、近いうちに大御所《おおごしょ》たちが宴会を開くと思うので、ひときわ立派で広い個室宴会場を建ててほしいんですけど……できますか？」

「いいぜ。村長がそんな願いをすんのは久しぶりだな。まぁ任せとけ」

「ありがとうございます!!」

俺は頭を下げる。

大御所ってのはシエラ様こと緑龍ムルシエラゴ様をはじめとする、神話《しんわ》七龍《しちりゅう》の方々のことだ。ここにみなさんを集めて宴会するって言っていたし、でかい宴会場でやるより、立派な個室でやる方がいいと思う。

日が傾いてきたけど、もう少し村を回ろう。

◇◇◇◇◇◇

「まんどれーいく」

「あるらうねー」

『ア、アシュト』

「マンドレイクとアルラウネ……あれ、ウッドとベヨーテは？」

フンババの頭の上で、薬草幼女のマンドレイクとアルラウネが日光浴をしていた。

おかしいな、でもウッドとベヨーテがいない。どこ行ったんだ？

『ウッド、ベヨーテ、センティトアソンデル。オラ、マザリタイ』

「あ、そうなのか。というかセンティ、起きたんだな」

センティは寒さが苦手で、冬になったら解体場の近くに深い穴を掘ってほとんどずっと寝ていた。呼ぶと出てくるが、身体の動きが鈍《にぶ》かったので、冬は仕事を休みにしてのんびりさせた。関節が凍《こお》ってしまい、調子が出ないのだとか。

「まぁ、あいつもずっと寝てたし、遊ぶのもいいだろ」

『オラ、イッショニアソビタイ、アソビタイ……』

「フンババ……よし、じゃあ俺と一緒に村の散歩でもするか？　ずっと門番じゃ大変だし、お前もリラックスしないとな」

『イイノ？　……モンバン、シゴト』

「少しくらいならいいさ。ほら、久しぶりに乗せてくれよ」

『……ウン!!　オラ、アシュトトサンポスル!!』

フンババは、マンドレイクとアルラウネが乗った頭の上に俺を乗せて、村の中をゆっくり歩きだす。その足取りは、心なしか弾《はず》んでいるように感じた。

そのまま村を散歩していると、後ろから久しぶりに聞く声が。

『お～い、アシュトそんちょお～』

「ん……おお、センティ、久しぶりだな」

『アシュト、アシュト!!』

『ヨウ、アシュト』

「おお、ウッドにベヨーテも」

センティに乗ったウッドとベヨーテだ。

大ムカデが村を這《は》い回る光景は異様だが、センティも立派な村の仲間だ。最初は銀猫族やハイエルフたちは近付くのを恐れていたが、コミュニケーションが取れるようになってからは、気さくな性格だとわかり、怖がることはなくなった。

それに、センティの長い身体を使った滑《すべ》り台は、村の人気アトラクションだ。

『いやぁ、気持ちのいい季節になりましたなぁ』

身体が長すぎるので半分以上を巻き、まるでカタツムリみたいな姿でフンババの隣を歩くセンティ。

「ああ。もう春だしな。また働いてもらうぞ」

『お任せを!!』

カサカサと隣を歩くセンティは、キシキシと笑った。

すると、俺にもたれかかっていたマンドレイクとアルラウネが服を引っ張ってきた。

「まんどれーいく」

「あるらうねー」

「ん、よしよし。お前たち、あっちに行きたいのか?」

どうやら、センティの背中に移りたいらしい。

フンババが二人の薬草幼女を手に載せ、センティの背中に移動させた。

『センティ、センティ、ダッシュ、ダッシュ!!』

「まんどれーいく」

「あるらうねー」

『へへ、カゼニナロウゼ!!』

『お、いいっすよ!!　久しぶりにワイのダッシュを見せてやりましょ!!』

「お、おいセンティ」

あんまり無茶はするな、と言う間もなくセンティはダッシュで消えた……は、速い。

まぁ、これからまたいっぱい働いてもらうし、鈍《なま》った身体を動かすのはいいことだろう。それに、フンババと二人の散歩も気持ちいい。

「フンババ、ユグドラシルへ行こう。シロに会いに行くか」

『ワカッタ。オラ、シロニアイタイ』

フンババの頭の上はかなりフカフカで、春の陽気と合わさると眠くなってくる。

横になるスペースはさすがにないが、このまま寝てしまいそうだ。

「アシュト村長、アシュト村長!!」

「ん……フンババ、ストップ。って、ディアーナか」

「はぁ、はぁ……ようやく追いつきました」

ディアーナは肩で息をしていた。フンババの歩調はそんなに速くないが、歩幅が結構大きい。追いつくにはかなり走らないと駄目だろうな。

「招待状の送付リストを作成しましたので、チェックをお願いします」

「……用件はそれで終わり？」

「はい」

おいおい……それだけで俺を探してたのか。

今日は村を回って、いろんなところに顔を出している。俺を見つけるのも大変だっただろう。

よし、ちょっと狭いけど……

「フンババ、頼む」

『ワカッタ』

「え？　……きゃあっ⁉」

フンババは首を傾げるディアーナをむんずと掴み、頭の上に。

肩が触《ふ》れあう距離で隣に下ろされたディアーナは、一気に顔を赤くする。

「な、な、な……」

「散歩しながらでも書類は確認できるだろ？　ほら、見せて」

「は、はは……はい」

ディアーナに渡された書類には、招待状を送る人の名前が書いてあった。

ハイエルフの里からはジーグベッグさんと数人。ワーウルフ族の村からは村長とヲルフさん、ヴォルフさんの兄弟、そしてフレキくんの家族たち。ベルゼブブ関係からはディミトリ、ルシファー（なぜか文字にためらいの跡があった）、村に働きに来ているデヴィル族。セラフィム族のアドナエルにイオフィエルさん、エンジェル族の整体師たち。お、マーメイド族もいる。海の町を案内してくれたギーナとシード、あとマーメイド族の長《おさ》ロザミアさん。

他にも大勢いる……おいおい、マジで三百人以上の大宴会になるぞ。

「結構な数だな……」

「は、はい。その、アウグスト様に確認したところ、宴会場の改築はあと七日ほどで終わるそうです。準備期間も含め、開催日は十日後などでいかがでしょう……」

「そうだな。そうし……」

「あ……」

横を向くと、目と鼻の先にディアーナの顔があった。

オシャレメガネの奥に光る赤い瞳と目が合う。や、やばい……意識しなかったけど、この距離ってかなり危ない。

「そ、その」

「は、はい」

顔を背《そむ》け、とりあえず謝ろうとした時だった。

『ツイタ、アシュト』

「え、あ」

『きゃんきゃんっ!!　きゃんきゃんっ!!』

大樹ユグドラシルに到着し、フェンリルのシロが尻尾《しっぽ》をブンブン振りながらフンババの周りをぐるぐる回っていた。

俺は急いでフンババから降り、シロをワシワシと撫《な》でまくる。

「よーしよーし、ほらディアーナ、お前も撫でろよ!!」

『きゃうぅぅんっ！』

「は、はいっ！」

ふぅ……なんとかごまかせた……のか？

◇◇◇◇◇

日も暮れ、フンババとの散歩を終えて新居へ。

家では、泥まみれのマンドレイクとアルラウネが、シルメリアさんにこっぴどく叱《しか》られていた。

話を聞くとセンティとの散歩中に水溜まりに飛び込んだらしい。

「まんどれーいく……」

「あるらうねー……」

「まったく……ほら、お風呂に行くわよ」

「あ、わたしも行くー！」

龍人《ドラゴニュート》の王族姉妹、ローレライとクララベルが二人を風呂へ連れていった。やれやれ、春の陽気に当てられたのかねぇ。元気なのはいいことだけど。

夕飯はシルメリアさんたち銀猫三人による特製海鮮丼を食べ、風呂に入って自室に戻る。

ウッドやベヨーテは、外で寝るようだ。もう寒くないし、また部屋は俺一人。

ベッドに入り、欠伸《あくび》をする。

「……明日も頑張ろう」

新年会の準備……まだまだやることがいっぱいだ。

◇◇◇◇◇◇

新年会を開くと決めた数日後。

招待状も送り、開催まであと少しとなった。

宴会場の改築工事が終わり、銀猫たちが食材の仕込みや料理の打ち合わせで忙しい毎日を送っている。彼女たちは準備が楽しくて仕方ないのか、みんな笑顔だ。

酒蔵から酒樽《さかだる》を出したり、来客宿泊用の家の掃除をしたり、村は新年会に向けて動いている。

俺もそこそこ忙しく働いていた。中でも大いに悩んだのが、宴会での席順だ。宴会場は立食形式だが、来客の中での重役には席を用意したんだよな。

会場のレイアウト関係はパーティーの経験が豊富なローレライとシェリーに任せ、ミュディは調理組に参加した。

エルミナとクララベルは会場の飾りつけをして、ミュアちゃんとライラちゃんも手伝った。

改築した宴会場はかなり広くなっており、五百人規模のパーティーも容易《たやす》く行える。

料理は会場の壁際に並べられ、ドリンクコーナーやステーキをその場で焼くコーナーを設けたり、ミュディが力を入れているスィーツコーナーも設営する。

メインは、デーモンオーガのみなさんが本気で狩ってきた全長三十メートルはある茶色いドラゴンで、『ライノセラスドラゴン』という国家レベルで危険な魔獣だ。

この新年会の発起人《ほっきにん》でもあるノーマちゃんが狩りで大張り切りしていたらしく、彼女のテンションにつられて盛り上がったデーモンオーガの二家族が獲《と》ってきた。

ノーマちゃんは本当に喜んでいた。

「ねぇ村長、あたしがパーティーしたいって言ったからこんな……」

「いや、それもあるけど、春のお祝いをしたいってのが本音だよ。ノーマちゃんは俺に気付かせてくれたんだ。本当にありがとう」

「村長……さいっこうだね！　明日も美味しい肉いっぱい狩ってくるから！」

ってな感じで、ノーマちゃんは去っていった。

別れ際にアーモさんが申し訳なさそうに頭を下げたけど、ノーマちゃんがきっかけで新年会を開催しようと思えたんだ。謝るなんておかしい。

新年会準備は着々と進む。

そんな折、ミュアちゃんとライラちゃんが作った粘土細工も完成したと報告が入った。

第四章　ミュアとライラ、ごめんなさいをする

新年会二日前、明日には招待客が来る。

その前に、ピンネとカトラから連絡があった。俺たちの作った粘土細工が焼き上がったそうだ。

俺は準備をディアーナに任せ、ミュアちゃんとライラちゃんを連れて焼き物工房へ。

工房脇の窯《かまど》の前では、ピンネとカトラが待っていた。

「やっほー、これから窯を開けるんだ。届けてもよかったけど、やっぱりこの場で見た方がいいと思って呼んじゃいました！」

「にゃう、たのしみ！」

「わぅん！」

二人とも尻尾が揺れてるよ。可愛いねぇ。

「じゃあ窯を開けまーす」

カトラが閉じていた窯の入口を金属の棒で崩していく。

焼き上げるために密封し、数日かけてゆっくり冷やし、今日初めて開けるそうだ。なので、ピンネとカトラも中の様子はわからないらしい。

ガラガラと入口の土が砕ける。

「ちょっと待っててね……」

入口は狭かった。ピンネが腰を低くして中へ。そして……

「あちゃー……」

そんな声が聞こえてきた。

そして、窯の中からピンネが焼き物を出し、テーブルに並べる。

「………え、ちょ、俺の」

「にゃあ！　きれいにできたー！」

「わたしも！」

ミュアちゃんとライラちゃんの焼き物はうまくできていた。

ちょっと歪なコーヒーカップに湯飲み、そして二人で作った新しい花瓶。だが……

「そ、村長。元気出して、ね？」

「………うん」

ピンネの慰《なぐさ》めがつらい。

俺の作った花瓶には亀裂《きれつ》がビシッと入っていた。

割れてはいない。でも、花瓶としては使えない……悲しい。

すると、カトラが言う。

「大丈夫大丈夫。村長、まだ直せるよ」

「え、ほ、ホントか？」

「うん。任せて！」

カトラは、泥や粘土みたいなものを混ぜ合わせ、金色の素材を加えて何かを作っている。

それを俺の花瓶の亀裂に詰め、亀裂の表面に塗りたくった。まるで金色の線が花瓶に伸びていくようだ。

「よし、あとは乾燥させて……」

カトラは指をくるくる回し、魔法で温風を出して花瓶を乾燥させる。

あっという間に花瓶は乾いた。すげぇ。

「はい村長。これで大丈夫」

「おぉ……なぁ、水を入れても平気か？」

「うん。ハイエルフ流の焼き物修復だよ！」

「すげぇ！　ありがとう！」

こうして、初めての焼き物は大成功となった。

「よし、シルメリアさんに渡しに行くか」

「にゃあ！」

「わおーん！」

シルメリアさん、喜んでくれるといいな。

上機嫌な二人と一緒に家へ。シルメリアさんは、新居で夕飯の仕込みをしていた。

新年会の準備は大事だが、俺たちの食事も忘れてはいない。いい匂いの正体はスープカレーで間違いないだろう。

「ただいまー」

「ご主人様。お帰りなさいませ」

キッチンで調理中のシルメリアさんは、包丁の手を止めて振り返る。

そして、俺の陰《かげ》に隠れる二人に気が付いた。

「ミュア、ライラ、もうすぐ夕飯なので手伝いをお願いします」

「にゃあ。あのね、あのね」

「わふ。シルメリア」

「……？　どうしましたか？」

俺は二人を前に出し、一歩下がった。

「にゃう……花瓶、わってごめんなさい」

「わうう、これ……ミュアとつくったの」

ライラちゃんが差し出したのは、ネコとイヌの絵が描かれた、手作りの花瓶だった。

「これは……」

「ごめんにゃさい……もうわるいことしない」

「わふぅ……あと、これもつくったの」

「え……？」

ミュアちゃんとライラちゃんは、ピンネがサービスで作ってくれた木箱を差し出す。

シルメリアさんは木箱を受け取り、中を開けた。

「これは、コーヒーカップと湯飲み、ですか？」

「にゃう。つくったの」

「シルメリア、おちゃ好きだから」

「…………」

シルメリアさんはしばしコーヒーカップと湯飲みを見つめ、木箱を丁寧にテーブルに置く。

そして、ミュアちゃんとライラちゃんを優しく抱きしめた。

「にゃ……？」

「ありがとう、ミュア、ライラ」

「わう。ごめんなさい……」

「にゃあ……」

シルメリアさんは、二人の頭を優しく撫でた。

二人も、シルメリアさんの胸に顔をうずめ、気持ちよさそうに甘えている。

さて、邪魔にならないうちに退散するか。

◇◇◇◇◇

花瓶に水を入れて部屋に戻ると、ウッドがいた。

『アシュト、アシュト！』

「お、ウッド。外で遊ばなくていいのか？」

『アシュト、アソブ、アシュト、イッショ』

「はは、そうだな。仕事に戻る前にウッド、散歩でもするか」

『スル、サンポ……アシュト、ソレナニ？』

ウッドは俺の持つ花瓶が気になったのか、首を傾げた。

「ん、ちょっと不格好だけど、これは花瓶だ。入れる花もないけど、せっかく作ったんだし水を入れておこうかなって。そうだ、散歩のついでに花を摘《つ》んでくるか」

『ハナ……アシュト、アシュト、コレ』

「ん？」

ウッドは右手を差し出す。

すると、右手から枝が伸び、枝分かれして葉っぱが生え、花が咲いた。

綺麗な青い花……すごい、こんなの初めて見た。

ウッドは枝の根元を折り、俺に差し出す。

『ハナ、キレイ！　コレ、カザッテ』

「ウッド……ありがとな」

花を受け取り、花瓶に差した。

花瓶をサイドテーブルに置いて眺《なが》める。

「うん、いいな」

『キレイ、キレイ！』

「ああ。よーし、外に行くか」

『サンポ、サンポ！』

それにしても、焼き物っておもしろい。

今度はミュディたちも誘ってやってみるかな……その時は、割れないように作りたい。

第五章　春の新年会（来賓《らいひん》到着編）

新年会前日。

招待状を送った来賓たちが、続々と村にやってきた。

まず、ハイエルフ数人を引き連れたジーグベッグさん。

「お久しぶりです、アシュト村長」

「ジーグベッグさん。遠路はるばるようこそ。宿を用意していますので、本日はそちらでお寛ぎください」

ジーグベッグさんと握手。

最古のハイエルフの一人だと言うが、こうして対面すると普通のおじいちゃんにしか見えない。

ジーグベッグさんはニッコリ笑う。

「ありがとうございます。よろしければ、村の中を見て構いませんかな？」

「もちろんです。では、案内に一人付けます。おーい、エルミナ」

俺は出迎えに付いてきたエルミナを呼ぶ。待っていたのか、エルミナはすぐに前に出た。

「久しぶりおじいちゃん。案内は私にお任せ！」

「まったく、変わっとらんのぅ……このおてんば娘は」

「な、そんなことないって！　私は」

「ははは。ゆっくり聞いてやる、まずは宿に案内してくれんかのう」

「うん！　こっちこっち！」

エルミナと護衛のハイエルフ数人が宿へ向かって歩きだした。

ちなみに宿は空き家だ。しっかり掃除をして、家具も立派なものを入れてある。

「そういえば、エミリオとアイメラから手紙が来おったぞ。あとでお前に見せてやる」

「げっ……パパとママから？　ま、まさか結婚式に来るとか……」

「当然じゃ。エミリオのやつ、お前の婿《むこ》が気になっておるようじゃな」

「うぇぇ……ってかパパは『ニノ・ユグドラシル』の長でしょ？　ここからかなり遠いし、そう簡単に来られないんじゃ……」

「バカもん。可愛い娘の晴れ舞台に距離なぞ関係あるか！」

何を喋ってるのかわからないが、とても楽しそうだ。

今日はエルミナもジーグベッグさんの家にお泊まりかな。あとで改めて挨拶に伺いますか。

次にやってきたのは……うげっ。

「お久しぶりです、アシュト村長」

「ヨウヨウ、Ｙｏ！　アシュトチャ〜ン!?」

「……よ、ようこそ。ディミトリにアドナエル」

デヴィル族の上位種であるディアボロス族のディィミトリに、エンジェル族の上位種であるセラフィム族のアドナエル。

後ろに控えるのはディミトリの娘にして秘書のリザベル、そしてアドナエルの秘書にして後継の座を狙う少し腹黒いイオフィエルだ。

こいつらに招待状を出したのは間違いないけど、二人揃って来るとは思わなかった。

「ヘイヘイ、アシュトチャン！　ステキなパーティーの招待センキウゥ！　エィィンジェルッ‼」

「……うん」

アドナエルは相変わらずの妙なテンションだ。

それを見たディミトリが、眉間《みけん》にしわを寄せて話しかけてくる。

「アシュト村長。この際ハッキリと申し上げるべきでは？『その喋り方をなんとかしてくれ、経営者にあるまじき態度で不快だ』と」

「オォ～ウ？　ディミトリ会長サンはヘッドが固いねぇ～？　今や経営者に求められるのは柔軟な思考サ！　そんなんだから先月の『森林王国』の支店別売上でウチの店に大差を付けられてしまうのではぁ～ア～ハァン？」

「っ！　そ、それを言うならアドナエル社長。森林王国での支店別売上では確かに敗北しましたが……顧客満足度ではウチが大差で勝利していますねぇ？　ウチの店は完璧な接客対応でクレームの一件もなし！　ですが……おやおや、あなたのお店のクレーム件数は一体何件……？　おおっと失礼！」

「っ！　は、ハァ～ン？　いいかいディミトリ会長？　そもそも業種が違う。ウチはサービスを提供する店、アナタの店は商品を提供する店、お客とのふれあい度はウチの店のが圧倒的に高い！

お金を払って商品を渡すだけの店とは違うのッサ！」

「で、では、そのふれあいを売りにするお店にクレームが入るということは、売りにしているサービスですらまともに提供できないということでは⁉　ふふふ、従業員の教育は現場の、そして経営者の仕事です！」

「オォ〜ウ……」

「むむむむ……」

「……はぁ」

とりあえず、トラブル発生時の対策を準備しておいてよかった。

俺がパンパンと手を叩くと、近くに潜《ひそ》んでいた屈強《くっきょう》なサラマンダー族が十人ほど現れる。

「あ、アシュトチャン？」

「あ、アシュト村長？」

「では、宿を用意していますのでそちらでお寛ぎください」

俺はいい笑顔でサラマンダー族に命令した。

「同じ宿に入れておいてくれ。少しは仲良くなるだろ」

「「ちょっ」」

「「「「「「「「ウィッス!!」」」」」」」」

二人はもみくちゃにされて運ばれていった……さて、残されたのはリザベルとイオフィエル。

「あ、二人の宿は別に取ってあるから」

「いえ、イオフィエル様とご一緒で構いません」

「はい。ディミトリ商会の秘書リザベル様、一度ゆっくりお話をしてみたいと思っていました」

「奇遇ですね、私もです」

二人は並んで歩きだした。うーん、こっちは仲良しなのになぁ。

◇◇◇◇◇

次に到着したのは、ワーウルフ族の人たちだ。

ワーウルフ族の村長、ヲルフさんとヴォルフさん兄弟、フレキくんの家族たちだ。

村長より先に出たのは、かつて俺が怪我の治療をして、ワーウルフ族との交流のきっかけともなったヲルフさんだ。

「アシュト村長、お久しぶりです！」

「ヲルフさん、あれから怪我の具合はどうでしょうか？」

「まったく問題ありません。傷跡も残っていませんし、以前より調子がいいくらいですよ！」

以前はガリガリに痩《や》せていたが、今は筋肉が付いてがっしりしている。こっちが本来のヲルフさんなのだろう。そしてもう一人、ヲルフさんにあまり似ていない兄、ヴォルフさん。

「お久しぶりです、アシュト村長」

「ヴォルフさん、お久しぶりです」

礼儀正しいヴォルフさん。ヲルフさんのお兄さんで、ワーウルフ族の村では世話になったっけ。

「アシュト村長、お招きいただき感謝しますぞ」

「村長。お久しぶりです」

ワーウルフ族の村長だ。

この人にはコメの件で非常に感謝している。今やコメはなくてはならない大事な主食だ。パンもいいけど、村ではコメが主食になっている。

「そうそう、フレキからもらったスープカレーのレシピ、ワーウルフ族の間で非常に好評ですぞ」

「それはよかった。コメとスープカレーは合わせるととっても美味しくて」

マンドレイクの葉は提供できないが、それ以外のスパイスで作ったスープカレーもなかなか美味しい。

フレキくんが里帰りする時に渡したレシピは役立ったようだ。

と、フレキくんは……いた、妹のアセナちゃんと一緒に家族と話している。俺も師匠として挨拶しないとな。

◇◇◇◇◇

さてさて、来賓はまだまだやってくる。

次にやってきたのは、ルシファーと護衛のデーモンオーガであるダイドさんだ。

なかなかにお洒落《しやれ》なスーツを着て、ニコニコしながら手を振るルシファー。

「やぁアシュト。新年会、楽しみにしてたよ」

「まぁな。ノーマちゃん……村にいる女の子の案で思いついたんだけど、いい考えだろ？」

「ノーマ……ああ、デーモンオーガの少女か」

「え、知ってるのか？」

「まぁね。住人名簿は以前見せてもらったから」

以前って、前に遊びに来た時か。

おいおい、住人名簿は確かにあったけど、ルシファーはパラパラめくっただけで、じっくり眺めてはいなかったぞ。あの短時間で覚えたのか？

「あ、そうだ。お土産も持ってきたからさ、みんなで飲んでよ」

「ああ、ありがとな」

ダイドさんがズイッと差し出したバスケットには、高級そうな酒が何本か入っていた。

俺はバスケットを受け取り、一緒に出迎えに来たミュディに渡す。

「ふふ、パーティーなんて堅苦しくて苦手だけど、この村で行うなら話は別さ。明日の新年会、楽しみにしてるよ」

「ああ。任せとけ。今日は宿でゆっくり休んでくれ」

「うん、じゃあまた。せっかくだし村の散歩でもしようかな」

銀猫族の一人にルシファーを宿まで案内させた。俺の後ろでディアーナがため息を吐いている。

「どうした？」

「いえ……忙しいはずなのに、兄はそれをまったく見せようともしないので」

不思議と、ディアーナは嬉しそうだった。

次にやってきたのは、マーメイド族だ。

ギーナとシード、そしてマーメイド族長のロザミアと、数人の護衛。

薄着だがちゃんと服を着ており、足はヒレではなく人間のものだ。

「来てやったぞ、アシュトよ」

「お久しぶりです、ロザミアさん」

「うむ、苦しゅうない。久しぶりに陸に上がったが、なかなか心地よいの」

相変わらず超美人だ。

陸で見る青いウェーブの髪は陽光でキラキラ光り、露出が多いドレスから覗《のぞ》く胸元は白く大きい。

シンプルだが美しい貝殻の装飾品を身に着け、妖艶《ようえん》な笑みを浮かべていた。

「ふむ、土産を持ってきた。受け取るがよい」

「わ、ありがとうございます」

護衛の屈強なマーメイド族がデカい箱を差し出したので受け取る。

確認して中をあらためると、大きくて真っ赤な魚が入っていた。

「お、おぉ……すごい」

「これは『ムァダイ』という魚でな。マーメイド族ではめでたい時に食べる魚である。明日の新年会に出すといいだろう」

「ありがとうございます。こんな立派な魚……」

いつの間にか後ろにいたシルメリアさんに『ムァダイ』を渡すと、ネコミミがピコピコ反応していたのが可愛らしかった。

「やっほーアシュト村長」

「久しぶり。陸で会うのは新鮮な感じだ」

ギーナとシードの二人。初めて海の国に行った時の案内役だった。

「二人とも久しぶり。また会えて嬉しいよ」

「んふふ。明日は楽しみにしてるからね！」

「オレたちは陸の料理をあまり知らないからな……期待してる」

料理に関しては大いに期待してくれ。なんせ銀猫たちが張り切っているからな。

◇◇◇◇◇

さて、次の相手はかなり厄介だった。というか、来るとは思わなかった。

「お兄ちゃん！　外見て外！」

「ん？　また誰か来たのか？」

「いいから早く！」

来賓の応対を手の空いた銀猫やハイエルフに任せ、部屋で休憩していると、俺の部屋にシェリーが飛び込んできた。

そういえば、以前もこんなシチュエーションがあったなぁ。

「ほら早く！」

「わかったわかった、落ち着け」

シェリーに引っ張られて外へ出ると、村の入口付近に龍騎士団たちが勢揃いしていた。

もしかしてと思い空を見上げると、赤い鎧を着た龍騎士団と青い鎧を着た龍騎士団が編隊を組んで飛んでいる。

そして龍騎士団に守られるようにデカい一匹のドラゴンが飛んでおり、よく見ると大きな箱を運んでいた。

俺は警戒するフンババとベヨーテを抑え、箱を観察した。

「いや、箱じゃない……あれは」

「お父様とお母様……まさか来るなんて」

「うおっ、ローレライ」

いつの間に隣にいたんだ。

箱の正面は天幕になっており、中には豪華な椅子があった。

そこに座っていたのは、ドラゴンロード国王ガーランドと、王妃《おうひ》アルメリアだった。

失礼のないようにと招待状を送ったが、まさか二人揃って来るとは思わなかった。

村の入口にドラゴンは着地し、龍騎士たちが一斉に背から降りる。

入口はかなり広いのに、小型ドラゴンで埋まってしまった。

そして、箱型の移動部屋から国王と王妃が下りてきた。

「がーっはっはっは!! 久しいなアシュト君!! お招きいただき感謝感謝だ!!」

「お、お久しぶりです、ガーランド王」

「うっむ!!」

その時、ローレライとクララベルがガーランド王に声をかける。

「お父様、お久しぶりです」

「パパ!!」

「おぉぉ、ローレライにクララベル!! 我が愛《いと》しの娘たちよぉぉぉ~~~っ!!」

「うおぉっ!?」

ガーランド王は俺を突き飛ばし、ローレライとクララベルを抱きしめた。

苦しそうにしてる二人だが顔はほころんでいる。俺は立ち上がり、アルメリア王妃に挨拶した。

「お、お久しぶりです、アルメリア様」

「ええ。元気そうで何より……ガーランド!! アシュトくんに謝りなさい!!」

「うひっ!? はは、はいぃっ!! 申し訳ありません!!」

「い、いいえ……」

ガーランド王は俺にガバッと頭を下げる。相変わらずアルメリア王妃は怖い。

「ローレライ、クララベル、会いたかったわ」

「お母様……お久しぶりです」

「ママっ‼」

「っと……もう、クララベルったら。いつまでも子供ねぇ」

「わたしはずっとママの子供だよ‼」

「ふふ、そうね」

アルメリア王妃は抱き着いてきたクララベルの頭を撫でている。

さて、家族の再会を邪魔するのも気が引けるが、ここにいると邪魔になるからどいてもらうか。

というか、この赤と青の騎士団はどうしよう？

すると、村に駐留する龍騎士団の団長、ランスローとゴーヴァンが俺の足下に跪《ひざまず》く。

「アシュト様。赤龍《せきりゅう》騎士団と青龍《せいりゅう》騎士団は、我々の宿舎にてお預かりします」

「ドラゴンの世話に関してもお任せください」

「そうですか？　じゃあ、お願いします」

数人だけを残し、龍騎士たちは宿舎へ向かった。

よかった。ちょっと狭いかもしれないが我慢してもらおう。

あとはドラゴン一家を宿に案内して、来賓は終わりだ。

こんなこともあろうかと、ドラゴン一家の宿は少し広めにしてある。ローレライやクララベルと一緒に、家族団欒《だんらん》の時間を過ごせるはず。

そろそろローレライたちも苦しそうだし、ミュディたちもみんな家に戻ったし、さっさと案内して解散するかね。

「ガーランド様、アルメリア様、宿の準備ができています。ローレライとクララベルも一緒に過ごせるくらい広いので、今夜は家族でゆっくりとしてください」

「おぉぉ!! さすが気が利《き》いてる。くぅぅぅ、これがウチの娘たちの旦那なのか!!」

「ガーランド、少し黙りなさい」

「はい……」

ガーランド王、ほんとにアルメリア王妃に頭が上がらないんだな。

すると、アルメリア王妃が俺の前に来た。

「アシュトくん、実はね、ここに来たのは私たちだけではないの」

「え?」

アルメリア王妃は、この場に残った龍騎士の一人をチラリと見る。

全身鎧を着た龍騎士は、その兜を取った。

「……え」

長い髪を適当に縛ったスタイル、少し疲れた感じの眼。

「ふぅ……久しぶりだな、アシュト」

忘れもしない。忘れるわけがない……この人は、俺のもう一人の兄だ。

「ひゅ、ヒュンケル……兄《に》ぃ？」

第六章　ヒュンケルの苦悩

ビッグバロッグ王国にある騎士団の執務室。

この部屋はアシュトの兄、リュドガ将軍の副官であるヒュンケルが執務を行う部屋で、リュドガ将軍に宛てた手紙や書状などは一度副官であるヒュンケルが目を通す。

以前、アシュトがオーベルシュタイン領土で村を興《おこ》したという知らせがドラゴンロード王国から届いた時、それを最初に受け取ったのも彼だった。

「……まずい、まずいぞ」

執務室で、ヒュンケルは唸《うな》っていた。原因はもちろん、アシュトのことだ。

「…………はぁ～」

リュドガとアイゼンは、ぎこちないが和解の一歩を歩みだした。それはめでたいのだが……ヒュンケルはアシュトの件を報告せずにいたため、アシュトはエストレイヤ家で『死亡』したような扱いを受けている。

それだけではない。ヒュンケルはドラゴンロード王国からビッグバロッグ国王へ宛てた手紙もこっそり拝借し、アシュトの件を完全に隠してしまったのである。

ヒュンケルがアシュトの件を隠していたのには理由がある。

今ここでアシュトの件をリュドガに話せば、弟思いのリュドガはオーベルシュタイン領に乗り込むだろう。もちろん、将軍職を辞して。それは、ビッグバロッグにとって大きな損失だ。

リュドガだけなら止める自信がないわけではない。だが、アシュトの件で心を痛めているアイゼン元将軍も、リュドガと一緒にオーベルシュタインへ行くと言う可能性がかなり高い。そうなるとヒュンケルだけでは止められなくなる。

そして、リュドガが行くと言えば、もう一人の副官にしてリュドガの婚約者、ルナマリアも行くと言うに決まっている……

「オレはバカだ……もっと早く言えば」

タイミングを窺《うかが》っていたヒュンケルは、結局機会を見つけられずに一人悩んでいたのだった。

後悔しても結果は変わらない。

ならば問題は、今後いつ、どのタイミングで言うかだ。

それに、国王宛の手紙を持ったままというのもまずい。アシュトはドラゴンロード王国の龍人姉妹と婚約したと報告がある。親交のある国同士、贈り物をするのが礼儀だ。

手紙が届いてないと発覚すれば、配達人が処罰を受ける可能性もある。そんなことはヒュンケルも望まない。

「……どうする」

素直にぶちまければ、国は大騒ぎになる。

リュドガ将軍と副官ルナマリアが辞職し、エストレイヤ家がオーベルシュタイン領土に乗り込む。

「……やばい」

今やヒュンケルからは余裕が失われていた。

そんな時、部屋のドアがノックされた。

「……入れ」

入室してきたのはルナマリアだった。

「失礼する。ヒュンケル、副官補佐の人員選考の書類を持ってきた」

「おう、ルナマリアか……」

「どうした？　だいぶ疲れてるようだが」

「………………」

ルナマリアは騎士としての態度は変わらないが、春に控えた結婚式が楽しみなようだ。

王国内でもルナマリアとリュドガの噂は持ちきりで、お忍びでデートすることもできないとか。

「なぁ」

「ん？　どうした」

「お前、リュドガがオーベルシュタイン領土に乗り込むって言ったらどうする？」

「当然、一緒に行く」

「……だよなぁ」

即答だった。ヒュンケルも同じことを言うだろう。

ルナマリアはヒュンケルのデスクに分厚く重ねられた書類を置いた。

「私の方でもいくつかピックアップしておいた」

「……どれ」

副官補佐とは、嫁入りの準備で騎士を休業するルナマリアの代わりに入る、ヒュンケルの補佐である。主に書類の仕事を手伝ってもらう予定だ。

こと事務関係において、ルナマリアが役に立った試しはない。冬の間に改善させようとデスクワークをさせたことがあるが、字が非常に汚く、解読という余計な仕事が増えただけだった。

ルナマリアは、自信満々に数枚の書類をヒュンケルの前に出す。

騎士だけでなく、平民からも志願書が上がっていた。

「まず、このエンリケだ。こいつは身長二メートルを超える巨漢で、素手で岩を砕いたこともあるらしい。以前は採掘所で働いていてな、病気の母の治療費を稼ぐために志願した元コックだ」

「採掘所で働いてたのに元コックかよ……というか募集してんのは書類仕事をできる奴なんだが。どういう人選だよ」

「では、こちらのヴィヴィアンはどうだ？　年齢は八十五と高齢だが、長年パン屋を経営していたので計算は得意だ。志望動機は『老後の暇つぶしに』と言っている」

「お前マジで見る目ないな。その志望動機はおかしいだろ」

「ならこちらのマックドはどうだ？　年齢は十歳と若いが周囲からは天才少年と呼ばれている。なんでも、引退した祖母ヴィヴィアンのパン屋を引き継ぎ、営業利益を三倍に伸ばしたそうだ」

「いやそれならパン屋のままでいいだろ。ほんとに副官補佐を志望してんのかその子？　ていうかヴィヴィアンの孫かよ」

「ま、まだあるぞ」

「あーもういい！」

見る目のなさもルナマリアらしい……というか、わざとやってはいやしないかとヒュンケルは頭を抱える。

とりあえず、ヒュンケルは志願書を受け取ってため息を吐いた。

「……ヒュンケル、本当にどうしたんだ？」

「いや……」

「何か悩みがあるなら言え。長い付き合いだ、今更隠すこともないだろう？」

「あー……」

言えるわけないだろとヒュンケルは曖昧に笑う。

まさか、アシュトがオーベルシュタイン領土で村興しして、ドラゴンロード王国の王族と結婚までするなんて――

「………待てよ」

アシュトがオーベルシュタイン領土にいる。

ドラゴンロード国王ガーランドはアシュトに会った、と手紙には書かれていた。

つまり、ガーランド王に頼めば、アシュトに会えるかもしれない。

「ヒュンケル？」

「…………」

そう。こちらから行くのではない。

アシュトに来てもらう……実の兄が結婚するとなれば、さすがのアシュトもリュドガに「おめでとう」くらい言いに来るかもしれない。

「…………見つけた」

全て、丸く収める方法。

つまり、ヒュンケルがオーベルシュタイン領土に向かい、アシュトを連れてくればいい。

そのままビッグバロッグ王国に戻れとまでは言わないが、せめてアイゼン元将軍やリュドガと和解できれば。

だが、未開の魔境に行くなど自殺行為だ。果たして大丈夫なのか――そこまで考えて、ヒュンケルは肩を落とした。

「うわ……オレって最低だな」

「おい、ヒュンケル？」

そもそも、自分が余計なことをしたせいで状況がややこしくなっているのだ。親友の幸せのためなら、危険など構っていられない。

そのためにすべきことは。

「よし、まずは副官補佐を決める。時間もあまりない」

「ん、ああ。そうだな」

信頼できる副官を置き、ドラゴンロード王国へ行かねばならない。

ヒュンケルは志願書をひっつかみ、食い入るように見始めた。

◇◇◇◇◇◇

ビッグバロッグ王国・会議室。

本来は騎士の部隊長や王国の重役たちが会議で使う場所だが、今日はリュドガ将軍の副官であるヒュンケルとルナマリアの二人が使用していた。

横長のテーブルに大量の資料を乗せ、隣同士で座るヒュンケルとルナマリア。

会議室なのにテーブルは少なく、座り心地の悪そうな椅子が一つ、ポツンと置いてあった。

「さて……時間だな」

「ああ。始めるぞ」

ヒュンケルは、ドアの近くにいる部下の兵士に命じる。

「一人目を入れろ」

「はっ‼」

部下がドアを開け、外に待機してた若い男を入室させた。

「失礼します‼」

「ん、とりあえず座ってくれ」

「はい‼」

声の大きな青年、いや少年だ。

まだ十代半ばといったところだろうか、それなりに小綺麗な服を着て、髪形もしっかりと整えている。

ヒュンケルは、資料を見つめながら言った。

「えーと、マックスくんだね。実家は鍛冶屋を経営し、五人兄弟の末っ子……」

「はい‼」

「ふむ、なかなか気合が乗っているな。なぁヒュンケル」

「気合だけじゃ仕事は務まらん」

そう、今日は副官補佐の面接日だ。


「じゃ、質問は以上……お疲れさん」

「は、はい。ありがとうございました！」

マックス少年は勢いよくお辞儀をして退室した。

いくつか無難な質問をしたが、どれも好感の持てる模範解答であり、ルナマリアは大きくウンウン頷いている。

「なかなかの好青年、いや好少年じゃないか。最初の一人としてはまずまずだ」

「オレにはそう見えなかったけどな」

「む、なぜだ」

「あのなぁ……」

ヒュンケルは、呆れ顔で言う。

「あの少年、鍛冶屋の五男坊でずっと鍛冶仕事をしていたが、鍛冶よりも計算や字を書く方が好きだって言ったよな」

「あ、ああ」

「曲がりなりにも鍛冶屋の仕事を手伝っていたのに、手には火傷《やけど》の跡やささくれ一つない。筋肉もほとんどないし、おそらく、実家の手伝いをしているなんて嘘だろう。鍛冶仕事が嫌で、リュドガ将軍の副官補佐っていう華やかそうな仕事に応募してきた冷やかしだろうよ」

「だ、だが」

「それに、声を出して頭を下げるなんてサルでもできる。見た目と態度だけを見るな、しっかりと観察しろ」

「む、むぅ……」

「あんな奴はごまんといるぞ。せっかくだし、お前の観察眼を鍛える訓練もしてやる。いいな、外面に囚《とら》われるな。目の前の相手から、全ての情報を引き出せ」

「…………」

余談だが、マックス少年はヒュンケルの推測通りの人物である。

◇◇◇◇◇◇

それから三十人ほど面接をしたが、どれもヒュンケルを満足させはしなかった。

というか、ルナマリアの選んだ選考対象がおかしすぎる。

九十歳の老婆や七歳の幼女、元傭兵やら病《やまい》を患《わずら》う少年。どこから見つけて来たのか貴族令嬢なんてのもいた。

当然だが全員不採用。もうルナマリアに書類選考はさせないと誓う羽目になったヒュンケル。

現在は昼食休憩中で、会議室でサンドイッチを齧《かじ》りながら午後の面接の書類を眺めていた。

「ったく、午後はどんな奴を面接するんだ？　次に幼女が来たらマジでお前の頭を殴るからな」

「ま、待て！　あの子は」

「あーもういい」

サンドイッチを齧り、ヒュンケルは自分で選考した人物の書類を眺める。

はっきり言って、碌《ろく》な人材がいない。

王国騎士の中には多少なりともめぼしい人間がいるが、彼らは騎士であって副官補佐の仕事など望んでいない。一応、騎士団内で募集をかけたが、誰一人として応募はなかった。

そこで平民から募集したわけだが、結果はごらんのありさま……ルナマリアの選考はともかく、ヒュンケルが通した履歴書の人物も、実際に会うと嘘の経歴だとわかった。

「はーあ……どうすっかな。さっさと見つけなきゃならんのに」

「んぐ、ん？」

サンドイッチを頬張るルナマリアは首を傾げた。

「いや、なんでもない」

ヒュンケルが副官補佐を早急に見つけたがるのは、オーベルシュタイン領土に自ら向かうため。

リュドガとルナマリアの結婚式にアシュトを出席させ、家族と再会、和解させるためだ。

手紙を隠した責任は必ず取る。だが、それより優先すべきことがある。リュドガをオーベルシュタイン領土に行かせないためには、アシュト自身をこちらに呼ぶしかない。

そして、オーベルシュタイン領土に行くには、ドラゴンロード王国の協力が必要で、ヒュンケルがドラゴンロード王国に行くには、不在の間を任せられる優秀な副官補佐を置くことが不可欠。

「茨《いばら》の道だ……」

「何を言っている？　あ、食べないのなら私がもらうぞ」

ルナマリアは、サンドイッチの最後の一口をパクっと食べた。

◇◇◇◇◇◇

それから面接は続き、ヒュンケルの選んだ選考書類はなくなった。

「はぁ～……オレのは終わりだ。お前の方は？」

「あと一人だ。どうする、これが駄目だったらまた募集をかけるのか？」

「……そうだな」

副官補佐の応募は山のようにあったが、今日面接した以外の者は書類審査の段階で落選とした。最後の候補者も落としたら、また一からやり直しだ。

ヒュンケルは焦っていたが、この副官補佐だけはしっかりとした人物を選ばねばならないとその気持ちを抑える。

そして、本日最後の候補者が部屋に入ってきた。

「失礼します」

「失礼しまーす！」

「あ？」

「え？」

入ってきたのは、一人ではなく二人だった。

ルナマリアの履歴書をひったくると、そこに書かれていた名前は『フレイヤ・ヴァナディース』と書かれている。しかしやってきたのは姉妹、しかも双子だ。

「おい、どういうことだ？」

「わ、わからん」

「ヴァナディース……聞いたことのない家名だ」

「私も初耳だ」

とりあえず、椅子が一つしかないので兵士に命じてもう一つ持ってこさせる。

「ま、まぁ座れ。んで、事情を説明してくれ」

「はい」

「はーい！」

一人は、桃色の髪にメガネをかけたショートヘアの少女。もう一人は桃色の髪にゆるいウェーブをかけたにこやかな少女だ。

ヒュンケルは、さっそく質問した。

「で、なんで二人？」

「……申し訳ありません。本当は私だけのはずだったのですが、この子が付いてくると言って聞かないので」

メガネの少女が答えると、もう一人が笑みを浮かべる。

「えっへへ〜。だってフレイヤ、あたしに内緒でオシゴトしようとしてるんだもん。あたしだって働きますぅ〜」

「……えーと、どっちが応募者？　というかなんでここまで来れたんだ？」

「あのですね、兵士さんにお願いしたら入れてもらえましたぁ」

「そ、そうかい……で、君の名前は？」

「あ、あたしはフライヤです！　フレイヤのおねえちゃんで〜す」

「……そ、そうか」

メガネショートの少女フレイヤと、ゆるふわウェーブの少女フライヤ。かなり名前がややこしいと感じたが、ヒュンケルは仕事をした。

「で、妹のフレイヤが副官補佐希望なんだな？」

「はい。図書館司書をしていましたので、執務と計算は得意です」

「司書？　王国の図書館か？」

「ええ。王立図書館で司書をしていましたが……その、クビになりました」

「……ほぉ」

解雇されたという情報は、大体の場合において面接の上ではマイナスにしかならない。だがフレイヤはメガネをクイッと押し上げ、正直に言ったのだった。

ヒュンケルはさらに尋ねる。

「それは穏《おだ》やかじゃないな。何をしてクビになったんだ？」

「はい。王国に保管されている本を模写したのがバレてしまいまして。私は字が書きたかっただけでしたが、信用してもらえませんでした」

「字が書きたかった？」

「はい。私は字を書くのと計算が大好きなので。一度読んだ本の内容は一言一句間違えず覚えています」

「………………へぇ」

嘘はついていない。

それどころか、クビになった理由をこんなにも堂々と言える人間はそういない。

「字を書くのと、計算が得意ねぇ……」

「はい。活字こそ我が人生です」

「言い切ったよ……ある意味とんでもないな」

「副官補佐の書類仕事は激務と聞きましたので、これしかないと思い応募しました。どうかよろしくお願いします」

「しま～す」

フレイヤは頭を下げ、なぜかフライヤも頭を下げた。

ヒュンケルは顎に手を当て、頷く。

「……わかった。今日はここまでだ。帰っていいぞ」

「はい。失礼します」

「ではでは～」

二人は退室し、ヒュンケルとルナマリアが残される。

「どうだったヒュンケル。まぁ二人来たのは予想外だったが」

「……いいかもな」

「え?」

「自分がクビになった理由を堂々と話せる奴はそういない。それに、嘘をついているようにも見えなかった……よし、王立図書館に連絡をして、フレイヤのことを調べるか。あいつの話が事実なら、採用してもいい」

「お、おい、いいのか？」

「ああ。面接ではマイナスにしかならないことを、悪びれもせずに堂々と説明した……その胆力が気に入った。こりゃ使えそうだ」

こうして、副官補佐の面接は終わった。

その後の調査の結果、フレイヤは嘘をついていなかったと判明した。結果として彼女は副官補佐職に採用され、ヒュンケル付きの正秘書となる。

ヒュンケルのオーベルシュタイン領土行きが、一歩近付いた。

第七章　いざ、オーベルシュタインへ

副官補佐のフレイヤを採用したことで、ヒュンケルの仕事はかなり楽になった。というか楽になりすぎた。フレイヤがあまりにも優秀だったのである。

騎士団の予算報告書を渡した時、ごく短時間で処理してしまうのでヒュンケルは度肝を抜かれた。

「ヒュンケル様、こちらの書類のチェックをお願いします」

「おう……って早っ⁉　渡してから一時間も経ってないぞ⁉」

騎士団で使った費用の計算は少なく見積もっても数時間はかかる仕事だが、フレイヤは一時間以内で終わらせる。ヒュンケルですら三時間はかかる仕事だ。

最初のうちは念入りにチェックしたが、計算ミスも誤字脱字もない。おまけにルナマリアの数百倍文字が上手で、読みやすいことこの上なかった。

そんなわけで、今やヒュンケルはフレイヤを信頼して様々な仕事を任せるようになっている。

「じゃあ、次はこっちを頼む」

「はい」

いくつか手付かずの仕事をフレイヤに回し、ヒュンケルも報告書を書く。

そして、うっすらと笑みを浮かべた。

「くく……こいつは大当たりだ」

フレイヤは、理想的な副官補佐だった。

不愛想で、定時になると有無を言わさず帰宅するところはあったが、それを差し引いても優秀だ。

桃色のショートヘア、メガネの奥に光る知的な瞳、女性用平服もなかなか似合っている。それに、スレンダーなスタイルも悪くない。

「お茶が入りました～♪」

「……ああ、ありがとよ」

だが、なぜか姉のフライヤも一緒に仕事をしていた。しれっと居つかれてしまったのである。

執務室の掃除や資料整理、お茶汲みから肩揉みまでやってくれる。少し戸惑ったが、なかなかに助かっているので何も言わないことにした。

フライヤは桃色のゆるふわウェーブに人懐っこそうな瞳、フレイヤと同じ平服だが、姉の方が胸部の盛り上がりが大きい。

ヒュンケル専属の秘書フレイヤとフライヤ。

彼女たちにある程度仕事を教えたら、自分がドラゴンロード王国へ向かう準備もできそうだ。

ルナマリアの結婚式の話もぼちぼち出始めている。

ドラゴンロード王国へ赴《おもむ》く口実は、『結婚するリュドガとルナマリアのためにドラゴンロード王国にしかない宝石を買いに行く』ということにしておく。今まで休暇らしい休暇もとらず仕事をしていたので、このくらいの我儘なら通る。いや、通して見せるとヒュンケルは意気込む。

「なぁ、二人とも」

「はい」

「はいは～い？」

「これからもよろしく頼むぜ」

「はい。お給料に見合った働きはします」

「あたしも、フレイヤちゃんと一緒にがんばりま～す！」

この五日後、ヒュンケルはドラゴンロード王国に出発した。

◇◇◇◇◇◇

ドラゴンロード王国へ行くには急いでも一月はかかる。だが、ヒュンケルはとある裏技を使った。

「悪いな、ちゃんと金は払うからよ」

「バーカ。金はいいから王国でおごれよ。メシと女付きで朝までコースでな」

「おいおい、それだと普通の報酬以上の値段になるじゃねぇか」

現在、ヒュンケルはドラゴンロード王国を目指して飛行中だ。

ビッグバロッグ王国に来ていたドラゴンロード王国の龍騎士、ヘイズに頼み、小型のドラゴンに乗って向かっていた。

ちなみにヘイズはヒュンケルの友人で、リュドガ宛の書状を届けに来た時などはよく一緒に飲んでいる。今回は偶然別件でビッグバロッグ王国に来ていたので、帰りに乗せてもらっていた。

「ヒュンケル、ガーランド陛下に謁見《えっけん》したいんだっけ？」

「ああ。個人的な謝罪と頼みがあるんだ」

「謝罪？」

「……ああ。オレはとんでもないことをしてな、どんな処罰だろうと受け入れる。その上で頼みたいことがある」

「……ふぅん」

半龍人《デミ・ドラゴニュート》のヘイズは、神妙な顔をするヒュンケルにそれ以上何も聞かなかった。ヒュンケルから並々ならぬ覚悟を感じたからである。

「まぁ、ガーランド陛下ならそんなに怒らないと思うぜ。内容は知らねーけど」

「はは……ありがとよ」

ヒュンケルを乗せたドラゴンは、最速でドラゴンロード王国へ向かった。

ドラゴンロード王国へ到着したヒュンケルは、すぐに謁見の申請をした。

ここには最高でも一月程度しか滞在できない。それ以上はリュドガの結婚式に響く。

最悪の場合は自分は参列しなくとも……と考えたところで、ありえないと気付いた。あの二人は、ヒュンケルがいなかったら式を延期するに違いない。

だが、迷惑はかけられない。一ヶ月待って謁見が叶わないなら、諦めてビッグバロッグに戻ろう……そう思っていたのだが、驚くほどあっさりと、ガーランド王との謁見は実現した。

それは、申請からおよそ十分後。

「ビッグバロッグ王国聖騎士ヒュンケル殿、申請が通りました。ガーランド王がお待ちですので謁見の間に案内します」

「は？」

一旦宿に戻ろうと考えていたヒュンケルのもとに担当の受付嬢がやってきて、そう連絡した。

さすがに嘘だろ？　とヒュンケルは思ったが、どうも本当らしい。

「ちょ、ちょ……い、今？」

「はい。ガーランド王は待つのが苦手ですので、すぐに」

「いやいや、オレ以外にも面会申請はあるだろ？」

「いえ、本日の面会はヒュンケル殿のみです。ガーランド王もちょうど暇を持て余し……失礼」

「おい、今暇って言ったか？」

受付嬢がゴホンと咳をする。

「では、謁見の間にご案内します」

「いやいや待った待った、オレ到着したばかりだし、服も汚れてるし！」

「ガーランド王は気にしないのでどうぞ」

「…………」

ヒュンケルは観念して謁見の間へ。

大きな扉の前に連れていかれ、服に付いた埃《ほこり》を払おうとしたが絨毯《じゅうたん》が汚れると思い留まり、せめて髪を直そうと手櫛《てぐし》で梳《す》く。

「では、ガーランド王の御前《ごぜん》です。どうぞ」

「っと……はい」

謁見の間の扉がゆっくりと開かれる。

これから話すのは謝罪と個人的な願いだ。受け入れてくれなければビッグバロッグ王国に戻り、結婚式を終えたあとにアシュトのことを全て話すとヒュンケルは決めた。

そして、全責任を取るつもりもあった。

騎士を辞めても、フレイヤがいれば自分の代わりは大丈夫。新しい副官はゆっくり探せばいい。

謁見の間に踏み込み、ヒュンケルは顔を上げた。

「ふんふんふ～ん♪　ふふふふ～ん♪」

そして、やたら上機嫌なガーランド王と目が合った。

「おう‼　久しいなヒュンケル、元気にしていたか？　わっはっは‼」

「………」

なぜこんなに上機嫌なのかイマイチ理解できなかったが、ヒュンケルは跪いた。

「で、何か用事か？　ふふふ〜ん♪　いやぁいい天気！　気分もワクワクウッキウキだなぁ‼」

「……え、ええと、報告したいことがいくつか」

「ほうほう報告‼　なんだろうなぁ？」

「………」

さすがに、この機嫌のよさはおかしい。

春が来ると頭も春になるなんて言葉があるが……いやまさか。でもガーランド王はもう何千年と生きているというし。

「………」

ヒュンケルは意を決し、全てを説明した。

アシュトが村を興し、ローレライとクララベルを保護して嫁にしたと書かれた書状を受け取ったこと。アシュトの兄リュドガがそれを知ればオーベルシュタイン領土に向かうことは間違いないと考え、国のためにその書状を隠したこと。それは全てヒュンケルの一存でやったこと。

ヒュンケルは深く頭を下げた。

「申し訳ありません……私の浅はかな行動は許されることではありません。ガーランド陛下の愛娘との婚姻という吉報を国に隠匿《いんとく》した罪、許されることでは」

「そうか。まぁ仕方ないだろう。かのリュドガ将軍を引き留めたいという気持ちはわかる。国を思っての決断なら私も責めはせんよ」

「…………お心遣い、痛み入ります」

ガーランド王は、ニコニコしていた。

「ではアシュトくんを、リュドガ将軍やお父上と会わせればいい。そうすれば万事解決じゃ‼」

「私もそう考えておりました……そこで、厚かましいと知りつつお願いがございます。どうか龍騎士団のお力をお借りできないでしょうか。オーベルシュタインに向かう手段を――」

「構わんぞ‼　というか、吾輩《わがはい》たちはオーベルシュタイン領土に向かう予定だったのだ‼」

「え」

「ふっふっふ。これを見よ‼」

ガーランド王が興奮しながら見せつけたのは、アシュトからの招待状とローレライとクララベル直筆の手紙だった。

読むことを許されたので、手紙を受け取って目を通す。

「は、春の新年会？」

「そう‼　アシュトくんは村で新年会を催《もよお》すというのだ。それの招待状が届いたのだよ‼　うっはははははっ‼　久しぶりに娘たちに会える～♪」

ガーランド王が上機嫌である理由がわかった。

「ヒュンケルよ。お前も一緒に新年会に参加だ‼　お前が行けばアシュトくんも喜ぶだろう‼」

「え」

「出発は二日後、それまで城でゆっくりしていけ。ふふふ、新年会～♪」

「え」

こうして、ヒュンケルはあっさりとオーベルシュタイン領土に向かうチケットを手に入れた。

第八章　再会、ヒュンケル

俺の目の前にいたのは、ヒュンケル兄《にい》だった。

「よう、元気そうじゃないか」

「ヒュンケル兄……うそ、なんで」

リュドガ兄さんの幼馴染にして、ビッグバロッグ王国最高の風魔法使い。

その二つ名は『烈風《れっぷう》』、竜巻を起こしたり風の刃をいくつも生み出したり、指定した空間を真空状態にしたりと、風だけでなく空気を操るのがヒュンケル兄の魔法適性だ。

鎧がキツいのか、ヒュンケル兄は首や腕をぐるぐる回しながら言う。

「お前がオーベルシュタイン領土で村を作って、しかもドラゴンロード王国の姫君を嫁にしたって報告が入ったからな。こうして顔見せに来たってわけだ」

「そうなんだ……って、まさか!!」

俺はここに残った龍騎士たちを見回した。が、ヒュンケル兄は苦笑しながら言う。

「やっぱそう思うよな……だが、リュドガは来ていない。というか、ビッグバロッグ王国でお前がここにいるのを知ってるのはオレだけだ」

「そ、そっか……よかった」

「はは……リュドガが知ったら将軍職を辞してでもここに来るだろうからな」

リュドガ兄さんが俺を心配してくれていたのは、シェリーから聞いていたので知っている。もしリュドガ兄さんが俺のことを聞いたら、ヒュンケル兄の言う通り全ての職務を放り出してここへ来るだろう。その気持ちは嬉しいが、王国一の将軍がいきなり辞めてしまったら大変なことになる。

ヒュンケル兄は話を続ける。

「それに、アイゼン元将軍も付いてきかねなかったしな」

「そ、そうなんだ……って、元将軍?」

「ああ。アイゼン様は退役《たいえき》した」

「えええええっ!?」

「その件だけじゃない。お前に伝えることがたくさんあってな……と、シェリーやミュディもいるんだろ？　オレがここに来た理由を説明したい」

「う、うん……わ、わかった。じゃあ俺の家に」

ガーランド王たちの案内を銀猫族に任せ、俺はヒュンケル兄と一緒に家へ。今ならミュディやシェリーも戻っているだろう。

俺の隣に並んだヒュンケル兄は、俺の頭をがしがし撫でた。

「ったく、心配したんだぜ？　……アシュト」

「ヒュンケル兄……」

ヒュンケル兄の手は、子供の頃と同じで大きかった。

◇◇◇◇◇

「ヒュンケル兄⁉」

「ひゅ、ヒュンケルさん⁉」

「おう。久しぶりだな、シェリーにミュディ」

鎧を脱いだヒュンケル兄を応接間に案内して、ミュディとシェリーを呼んでくると、二人は部屋に入るなり驚いて硬直していた。

シルメリアさんが淹《い》れたカーフィーを口に含んだヒュンケル兄は一瞬渋い顔をしたが、すぐに慣れたのか美味しそうにゴクゴク飲む。

「美味いなこれ……カーフィー、だっけ？　こう苦いと眠気が吹っ飛ぶ。事務仕事する時に飲むといいかもな」

「よかったら持って帰ってよ。いっぱいあるからさ」

「……その言い方じゃ、もうビッグバロッグに帰る気はないんだな」

「……うん」

ヒュンケル兄は昔から勘がいい。

リュドガ兄さんが安心して仕事ができるのは、ルナマリアさんとヒュンケル兄がいるおかげだと俺は思う。

カーフィーを飲み干したヒュンケル兄は、カップを置いて少し前に乗り出した。

「さっそくだがいろいろ話しておくことがある。まず、リュドガがルナマリアと婚約した。結婚式の準備も進んでいる」

「……え」

りゅ、リュドガ兄さんとルナマリアさんが……け、けっこん？

「え、え？　えぇぇぇぇぇぇぇぇぇぇぇっ!?　うっそぉぉぉぉっ!?」

「お兄ちゃん、驚きすぎ……」

「お姉さま、やっと結ばれたんだ……よかったぁ」

シェリーとミュディはまったく驚いていない。それどころか、こうなることがわかっていたかのような態度だった。あの二人ってそんな感じの仲だったのか……？

「ったく、そういう鈍感なところはリュドガそっくりだな」

「だだ、だって、結婚だよ!?　そっか、リュドガ兄さん……」

「でも、あの鈍感、堅物、バカ真面目なリュウ兄がようやくねぇ……」

シェリーの言葉に、ヒュンケル兄は苦笑しながら頷く。

「そこにはオレも同意だ。だがまぁ、そういうこった」

俺はカーフィーを飲んで心を落ち着ける。そっか、兄さんが結婚……おめでたいな。

「アシュト……頼む、ビッグバロッグ王国に一度戻ってくれ。そしてあいつらを祝福してやってほしい」

「……でも、俺はもうエストレイヤ家から除籍されているし」

「バカ、兄貴の結婚を祝うのにそんなこと気にする必要はねぇよ。それにアイゼン元将軍も、お前に会えたらきっと喜ぶ」

「……いや、それはないでしょう。父上は俺を除籍した時も無関心だったし」

「そうじゃねぇ。まぁ、今のアイゼン元将軍を見たらきっと腰抜かすぞ」

「え？」

意味が分からなかった。

そういえばヒュンケル兄、俺のことを知ったらリュドガ兄さんだけじゃなくて父上もオーベルシュタインに来るって言っていたよな。さっきは流したけど、冷静に考えると変な話だ。

とりあえずシェリーを見る。

「あたしは別にいいよ。リュウ兄のお祝いもしたいし。お父さんのこと嫌いじゃないしね」

「そうか……」

「お兄ちゃんはお父さんのこと嫌い？」

「………」

嫌いとか、嫌いじゃないとか、よくわからない。ただ、父上のことは憎んではいない。

父上は俺の魔法適性が植物だとわかったあとも勉強させてくれたし、薬師になると言っても反対しなかった。

父上は俺に無関心だっただけ。わがままを言うのなら、もう少し俺のことを見てほしかった。

俺は少し考え、意を決して口を開く。

「父上はともかく、兄さんには会いたい。それに、王城で世話になった人もいるし。特にシャヘル先生にはしっかり挨拶して謝りたいな……」

シャヘル先生とは、俺がお世話になった薬師の先生である。

俺の言葉にシェリーは頷いた。

「なら行こう。リュウ兄がいるなら大丈夫。ビッグバロッグ王国に帰っても文句は言われないよ」

「んー……ミュディはどうする？」

「わたしもお姉さまにお祝いの言葉を送りたい。あと、謝りたいな……」

「ミュディ、リュドガと婚約した件を気にしているなら、お前は何も悪くないぞ。あれは家同士が勝手に決めたことだしな」

「ヒュンケルさん……」

シェリーもミュディも、ビッグバロッグ王国に帰ることに異存はないようだ。

俺も純粋にリュドガ兄さんを祝いたい。なら、父上のことはともかくとして、帰るべきだろう。

「わかった。ヒュンケル兄、俺たちは一度ビッグバロッグ王国に帰ることにするよ」

「よし！　じゃあ、新年会が終わったら一緒に行くか」

こうして、俺たちはビッグバロッグ王国に帰ることになった。

「さーて、じゃあアシュト、せっかくだし村を案内してくれ。お前の作った村を見てみたい」

「うん！　ミュディとシェリーも一緒に来いよ」

「もちろん！　ヒュンケル兄、お兄ちゃんの作った村を見て驚かないでよね！」

「ははは、わーってるよ」

「ふふ、なんだか昔に戻ったみたいだね」

「そうだな。ミュディ、あとでルナマリアの話を聞かせてやるよ」

「はい！」

「それとアシュト、お前には聞きたいことが山ほどあるんだ。今夜は付き合ってもらうぜ？」

「う、お、お手柔らかに……」

この日は、ヒュンケル兄の村案内で終わった。

フンババやセンティを見て驚いたり、ハイエルフたちやエルダードワーフたちを見て驚いたり、図書館や浴場に驚いたり……ヒュンケル兄はとにかく驚いていた。

夜は家で食事して、俺の部屋でじっくりと話をした。

結婚のことや村を作ったいきさつなど、朝方近くまで話題が尽きることはなかった。

ヒュンケル兄、久しぶりに会えて本当に嬉しいよ！

第九章　春の新年会

今日は、待ちに待った新年会。

昨夜のうちに会場設営は終わり、今日は朝から銀猫たちがご馳走を作っている。

準備の関係で新年会は昼から行われる。なので、朝ご飯は軽めに食べることになった。

驚いたのは、朝食を作っていたのはミュアちゃんだったことだ。

キッチンに行くと、ミュアちゃんが卵を焼いていた。

「にゃあ。おはようご主人さま！　もう少しで完成するー！」

「え？　みゅ、ミュアちゃんだけ？　シルメリアさんは？」

「にゃう。シルメリア、えんかいじょうで今日の準備の『しき』をとるって言ってた！　朝ごはんはわたしに任せるって！」

「そ、そうなんだ……」

ミュアちゃんが作った朝食は、パンとサラダとスープというシンプルなものだった。このあとの新年会を考えたらベストな量だ。シルメリアさんはこれを計算していたのかも。

ミュディたちも起きて、ミュアちゃんが一人で作った食事を見て驚いていた。

「ミュアちゃん、すごいね～」

「ほんっと、こんな小さいのに……」

ドラゴン姉妹はガーランド王の宿、エルミナはジーグベッグさんの宿に泊まっているので、ここにいるのはミュディとシェリー、まだ起きてきていないライラちゃんとマンドレイクとアルラウネだ。それと……

「ほぉ、小さいのにやるじゃないか」

「にゃう、おきゃくさまのお口にあえばいいのですが」

「ははは、なかなか聡明《そうめい》なレディだな」

ヒュンケル兄が、ミュアちゃんの頭を撫でた。

昨夜話し合ったが、リュドガ兄さんとルナマリアさんの結婚式は一ヶ月後くらいらしい。遅くとも三週間後には村を出ないといけない。

ちなみに、ビッグバロッグ王国へは龍騎士たちに送ってもらう予定だ。

「わうぅ……おはよぉ」

「まんどれーいく」

「あるらうねー」

「お、みんな起きてきたな。朝食にしようか」

ミュアちゃんの頭をなでなでして、美味しい朝食をいただいた。

朝食が終わり、新年会の用意をする。

俺は着替えて家を出た。来賓たちをもてなす準備をしなくては。

外に出て宴会場に向かうと、とっても懐かしい子が飛んできた。

『アシュトー』

『アシュト、おーい』

「ん？　おお！　フィルにベルじゃないか！　久しぶり！」

飛んできたのは、ハイピクシーという三十センチくらいの大きさに透き通るような蝶の羽を持つ少女。フィルことフィルハモニカと、ベルことベルメリーアの二人だ。

冬に入ってめっきり見なくなったが、どこに行っていたんだろう。

二人は俺の両肩に座った。

『はぁ〜……アシュトのマナおいしい』

『うん、久しぶりの味』

「お、おい。今までどこにいたんだ？」

フィルに聞くと、俺の顔の前まで移動して羽ばたく。

『家の中での〜んびりしてたわよ。たま〜に子供たちと外で遊んだけど、冬はお花が咲いてないし、花の妖精のわたしたちは基本寝てるのよ。ようやく暖かくなったから、みんな起きて散歩しているの』

「そうだったのか……悪い、ぜんぜん気にしてなかった」

ハイピクシーたちの家は、村中に生えている樹の上にある小さなログハウスだ。

すっかり見なくなったので、どこか暖かいところにでも飛んでいったのかと思ったよ。一回くらい家を覗くべきだったかな。

『別にいい。それより……今日はお祭り？』

と、ベルがのんびり言う。

ベルはフィルから分裂した妖精だ。ハイピクシーは出産ではなく分裂して増える。その周期は百年に一度らしく、この間俺の目の前で生まれたんだよな。まぁ、フィルの妹みたいなものか。

「いや、お祭りじゃなくて新年会だ。美味しいご馳走もいっぱいあるし、ハイピクシーたちを連れて参加してくれ」

『ほんと!? やったぁ!!』

『フィル、みんな呼んでこよう』

『うん!! じゃあアシュト、またね!!』

そう言って、フィルとベルは飛んでいった。

また村中を妖精が飛び回る姿が見られると思うと、とても嬉しかった。

宴会場に行くと、全銀猫が張り切って調理をしていた。

キッチンが増設され、全ての竈がフル稼働している。

「ご主人様、おはようございます」

「おはようございます、シルメリアさん」

「「「「「「「ご主人様、おはようございます!!」」」」」」」

「お、おはようみんな」

銀猫たちは俺に気付くと、一斉に挨拶する。

調理は順調なようで安心だ。シルメリアさんは銀猫たちに指示を出し、会場の細かな部分の調整をたりしていた。

するとシルメリアさんが言う。

「ご主人様、ミュアの作った朝食はいかがでしたか？」

「ああ、美味しかったですよ。ミュアちゃんも立派な銀猫になりましたねぇ……」

「はい。まだまだですが、少しずつ成長しているようです……よかった」

シルメリアさんはホッとしていた。

朝食を任せたものの、少し不安があったのだろう。でも、ミュアちゃんは立派にやりとげた。

「ご主人様、席の確認をお願いします」

「ああ、わかった。ディアーナはまだ来ていない？」

「いえ、先ほど来られて、すぐに出ていかれました」

「そっか。じゃあ俺にできることを」

「はい」

さて、新年会の準備は大詰めだ。

美味しい食事に高級酒、みんなでワイワイ楽しもう。

◇◇◇◇◇◇

新しい宴会場は大きくて広い。

壁際に料理をたくさん並べ、他にもドリンクコーナーやスィーツコーナー、料理の実演コーナーといった感じに分けている。

基本は立食形態で、来賓だけ席を設けた。席順に関しては、和気あいあいを目的として、結局円卓にした。俺もそこに混ざる予定だ。

また、料理が並んでる壁とは反対の壁が開くようになっている。

外では大きな『ライノセラスドラゴン』の丸焼きが置かれ、人々を驚かせ目を楽しませる。

ちなみにウッドやベヨーテ、フンババやセンティは外で日光浴しながら食事を楽しむようだ。

料理関係は、銀猫たちが交代で提供する。

なるべく住人には楽しんでもらいたいが、どうしても料理の提供をする人は必要だ。でも、銀猫たちは喜んで引き受けてくれた。

「それにしても……」

こうして見ると、結構な人数だ。

ハイエルフ、エルダードワーフ、ブラックモール族、サラマンダー族、ハイピクシー、魔犬族、銀猫族、デーモンオーガ、マーメイド族、ワーウルフ族、デヴィル族、エンジェル族。ドラゴンロード王国の龍騎士たちに、ガーランド王たち……なんだかんだ総勢で五百人以上の規模になった。

ノーマちゃんの一言で始まった計画がこうも大きくなるとは……今までの中で最大のお祭りだな。

ハイエルフたちは室内と外に積まれたワイン樽に興味津々《しんしん》だった。エルダードワーフは、各種族が持ち込んだ高級酒を並べたテーブルの前を陣取っている。どちらも酒好きな種族である。

ブラックモールたちは可愛らしくポテポテ歩いていた。彼らも思い思いに楽しむことだろう。

サラマンダー族は、ライノセラスドラゴンの丸焼きに熱い視線を送っている。

銀猫族は交代で調理をしながら楽しむようだ。

魔犬族の少女たちは、自分たちが作った宴会場のカーテンやクロスを満足そうに見ていた。

みんな、新年会の始まりを心待ちにしている。

そして、俺はというと……ワイングラスを持ったまま緊張していた。

なぜなら、新年会開始の音頭《おんど》を俺がとらなくてはならないから。

今まさに、新年会が始まろうとしていた。

グラスが全員に行き渡り、今か今かと始まりの合図を待っている。

俺は、杖に拡声魔法をかけ、口元に寄せて喋る。

『えー……堅苦しい挨拶は抜きにして、春の訪れに感謝しましょう！　飲んで食べて歌って騒いで、種族なんて関係なしに楽しんでください!!　それでは……かんっっっっぱいッ!!』

直後、怒号のような『かんぱい!!』が響き、樹に停まっていた鳥が一斉に飛び立った。

こうして、楽しい楽しい新年会が始まった。

◇◇◇◇◇◇

さて、まず俺は来賓たちにセントウ酒を注ぎまくる。

「お、悪いねアシュト」

ルシファーのグラスに酒を注いでやると、そう言ってきた。

「ん、飲んだ飲んだ。酒も料理もたくさんあるからな」

それから他の来賓にも注いで回る。

俺の隣の席はヒュンケル兄で、その隣はガーランド王とアルメリア王妃だ。

俺はガーランド王にお酌《しゃく》した。

「ガーランド王、ささ、どうぞ」

「おお、ありがとうアシュトくん！　いやはや、すごい集まりになったなぁ」

「それは俺もひしひし感じてます……」

宴会場を見渡すと、多種多彩な種族が交流し、酒を飲んだり料理を食べたりしていた。

中でも、ハイエルフとマーメイドが楽器を奏でて歌を歌ったり、エンジェル族がブラックモールたちを抱っこしてモフモフしたりする光景は、見ていてなんとも和《なご》んだ。

「あー、アシュトくん。そのね、娘たちとはどうかね？」

「はい？　いや、仲良くさせてもらってますが」

「そうかそうか。うんうん、その……孫はまだねっぷふぉっ!?」

「ごめんなさいね、この人、少し酔ったみたいで……」

「は、はい……」

ガーランド王は、アルメリア王妃にブッ叩かれて気を失った。

俺はヒュンケル兄の隣に戻って座る。

「ヒュンケル兄、楽しんでる?」

「お、おう……ってか、改めて見てもビビるな。エルフにドワーフ、あとはオーガに……妖精までいるのか」

「ハイエルフとエルダードワーフ、デーモンオーガにハイピクシーだけどね」

「は、はは……全部伝説の種族じゃねぇか。信じられねぇ」

確かに、俺もここに来るまではそう思っていた。

ヒュンケル兄は酒もそこそこに、会場を眺めている。

「おいアシュト、あの猫族の主はお前なんだよな?　朝飯作ったちっこいのも」

「うん。あと猫族じゃなくて銀猫族ね」

「銀猫……聞いたことないぞ」

「俺も、ここに来るまでは知らないことばかりだったよ」

「それに、あのアホみたいにデカい図書館とか、ありえないサイズの風呂とか……ほんと、何なんだよ一体」

「建物はエルダードワーフの仕事。本は全部、そこのジーグベッグさんの書いたものだよ」

「え」

ジーグベッグさんを見るヒュンケル兄。視線に気付いたジーグベッグさんはにっこり笑った。

「若いの。わしの著書が気になるのかの？」

「え⁉　あ、いや……あれほどの数をお書きになられたとお聞きして……」

「ま、百万年ほど生きとるからのう」

「……ひゃくまん？」

ヒュンケル兄、いっぱい驚いていっぱい知ってくれ。

さて……お、マーメイド族のロザミアさんがめっちゃ肉を食べている。

「ろ、ロザミアさん？」

「おおアシュトよ。この肉は美味いな！」

「ええと、うちの銀猫が作ったローストビーフです」

「我らマーメイド族は肉を食べる機会があまりないからの。今日はたくさん喰わせてもらうぞ」

「ど、どうぞ。あっちではデーモンオーガがこの日のために狩ったドラゴンがいい感じに焼けてますよ」

「ほう！　と、あやつら、わらわを差し置いて……!!」

「あ、ちょ」

ロザミアさんはライノセラスドラゴンの近くで待機するギーナとシードのもとへ向かった。どうも先を越されると思ったみたいだ。

ロザミアさんはギーナたちとわちゃわちゃ騒いでいる……なんだ、意外と子供っぽいな。

さて、次に酒を注ぐのは……この二人か。

「ふぅむ、さすがは銀猫族。素晴らしい料理の腕前ですな」

「オォ～ウ……ヴェリィナイスなお味です！　ウチのシェフに欲しいエィンゼル‼」

ディミトリとアドナエル。こいつらは隣同士で座らせた。

「さ、二人とも飲んでくれ。今日は無礼講だ」

「センキュッ‼　アシュトちゃぁ～ん‼」

「ありがとうございます。アシュト村長」

ディミトリは白ワイン、アドナエルは赤ワインを飲んでいたのでそれぞれおかわりを注ぐ。

食べているのは、ディミトリは肉料理、アドナエルは魚料理……この二人、ほんとに趣味が合わないのな。

「そうそうアシュト様。今度ベルゼブブにお越しください。先日はゆっくりできませんでしたが、いい観光地がありますのでご案内しますよ！　ささ、どうぞこちらを」

ディミトリが見せてくれたのは、ベルゼブブの観光マップだ。

あの、蠅に乗って観光するとか、血の池とか拷問博物館の見学って書かれてるんですけど。

すると、アドナエルが言う。

「フゥフ～ン？　どうせ血の池とか針山とか拷問博物館とかの観光だロ？　アシュトちゃん、天使の国は違うぜぇ～？」

「むむっ‼」

「え？」

「フ～フゥン、天使の国観光ツアーはお客様の心と体を満足させることを最優先する。たとえば、天使のお菓子工房を見学したり、自分たちでお菓子作り体験とかを楽しんだりするのサ。女性におすすめなのは天使の衣装を着て町を散歩することカナ。美容院で髪型を変えたり化粧品でメイクしたり……他にも浮遊都市の企業がプロデュースする闘技場の観戦なんてのもあるゼェ～ン？」

なにそれ、めっちゃ面白そう。

お菓子とか天使の衣装とか、女性たちが喜ぶだろうし、闘技場観戦とか普通にワクワクする。

するとディミトリが言う。

「あ、アシュト村長？　どうして目をキラキラさせているのでしょうか？」

「あ、いや……ははは」

「フゥフ～ン？　そんなの決まってるジャ～ン？　なぁ村長‼」

「キィイイイイイッ‼」

ディミトリはハンカチを噛んで悔しがった。

ごめんディミトリ、どう考えても天使の国の方が面白そう。

よし、お酌は一段落した。会場内をうろついて、みんなの様子を見てくるか。

◇◇◇◇◇◇

新年会は穏やかに続く。

俺は来賓席を立ち、楽しそうな笑い声が響く会場内を歩いた。

身分や種族も関係なしに、飲んで食べて歌っている。外のスペースにはドラゴンの丸焼きがあり、ドワーフがこの日のために作った巨大包丁で解体をしている銀猫たちに喝采が送られていた。

ドラゴンもいいけど、まずはスィーツコーナーにいる子供たちのところへ向かう。

「にゃあ！　今日は食べほうだい！　おいしいー！」

「わぅぅっ！　ありがとう。ミュディのケーキおいしいよ！」

「ふふ、ありがとう。まだまだたくさんあるから、いっぱい食べてね」

「まんどれーいく」

「あるらうねー」

ケーキを食べる子供たち。そして子供たちの優しくなでなでしているミュディだ。

子供たちだけじゃなく、メージュやルネアといったハイエルフたちもいる。

「あ、アシュト」

「よう。大盛況だな」

「うん。わたしの作ったお菓子やケーキ、子供たちが美味しい美味しいって食べてくれる……すっごく嬉しい」

「ミュディのケーキは絶品だからな。俺も食べていいか？」

「もちろん！　どれにする？」

「んー……」

ケーキのラインナップがすごい。

フルーツケーキやショートケーキ、クリのケーキやセントウを使ったケーキ。どれも美味しそうで迷うな。

「よし、クリのケーキで」

「はーい！」

ケーキをもらって食べたが、やっぱり美味しかった。

ミュディのお菓子作りはプロで通じるだろうな。

その時、子供たちがこちらに気付く。

「にゃあ、ご主人さまだ！」

「ミュアちゃん、いっぱい食べてるね」

「まんどれーいく」

「ほらほら、顔にクリームついてるぞ」

マンドレイクの顔をハンカチで拭《ぬぐ》うと、ミュアちゃんやライラちゃん、アルラウネもズイッと顔を出す。はいはい、みんな綺麗にしてあげますよ。

するど、メージュとルネア、その友達のエレインとシレーヌが俺の傍に。

「村長、子供好きだねぇ……自分の子供は欲しいって思わないの？」

「……村長の子供」

「うひひ、エルミナならいつでも大歓迎だってさ！」

「はわわっ……お、大人のお話ですぅ～」

「……いきなりなんだよ、お前たち」

からかわれて動じる俺じゃないぜ。なーんて。

「むー……村長、なんか余裕が感じられるね」

「ふふ。こんなこと聞くのはあれだが、お前たちはどうなんだよ？」

「へ？　あ、あたしは別に……」

メージュの歯切れが悪くなったので首を傾げたら、いつの間にか背後にいたルネアが耳打ちする。

「……そんちょ、じつは……ごにょごにょ」

「え！　メージュがランスローと!?　マジでか……」

「ちょ、バカルネア!!　何言ってんの!!」

顔を赤くしたメージュがルネアの頭を脇に挟み、きつく締め上げていた。

シレーヌが俺の肩を叩く。

「村長、権力行使を頼むよ」

「え……ああ、そういうことね」

「え？　え？　シレーヌちゃん、何をするんです？」

「ふふ、まぁ見てな」

シレーヌはきょろきょろ周りを見回し、何かを見つけて俺に合図。俺はシレーヌが見つけた人物のもとへ向かった。壁際で龍騎士と談笑してる一人の男である。

「アシュト様」

「やぁランスロー、ゴーヴァン。それと……」

見覚えのないイケメン騎士二人だ。

一人は赤い髪をワイルドに逆立て、もう一人は水色の長い髪を結んでいる。

「こちらの赤いのはガーランド王の直属騎士部隊長ペレディィル、青いのはアルメリア王妃直属騎士部隊長ガラハドです」

「初めまして、アシュトです」

「お初にお目にかかります、ペレディィルです」

「ガラハドと申します」

赤龍騎士団と青龍騎士団の団長か。うーん……二人ともイケメンだよなぁ。

ランスローやゴーヴァンもイケメンだし、龍騎士ってどうしてこう美男子ばかりなのかね。しかも身体も鍛えてるから細マッチョだし、ひょろい俺とは比べものにならない。

「アシュト様？」

「はっ……ああいや悪い。あのさ、ちょっとランスロー、来てくれ」

「はっ、お供します」

くくく、メージュめ。俺をからかった報《むく》いを受けるがいい。

ランスローと一緒にハイエルフ娘たちのもとへ行くと、ルネアがまだ絞められていた。

「じゃ、ランスロー。ハイエルフ娘たちの相手を頼む。ちょっと挨拶しなくちゃいけないところがいっぱいあるからさ」

「え？　……わ、わかりました」

「えっ……ら、ランスローさん⁉」

「メージュ嬢。お久しぶりです」

「っぷあ……苦しかった」

ルネアは解放され、シレーヌたちのもとへ。

メージュはランスローとドギマギ話をしつつ、『謀《はか》ったな』と言わんばかりにこっちを見ている。

「じゃ、あとはよろしく。適度に会話に混ざってやれよ」

「はいはーい。さっすが村長、気が利くねぇ！」

「き、騎士さんとメージュちゃんの恋……素敵ですっ！」

「……村長、ないす」

ここはハイエルフ娘たちに任せて、他のところに行くか。

◇◇◇◇◇◇

次にやってきたのは、外で行われてるドラゴン解体ショーだ。

解体してるのは銀猫のマルチェラとシャーロットのコンビで、長い首を切り落とし、頭を割って脳を取り出そうとしている……うっげぇ、グロいの苦手なんだよ。

「あ、村長！」

「おにーたん！」

「お、ノーマちゃんにエイラちゃん」

デーモンオーガのノーマちゃんとエイラちゃんだ。

何も載っていない皿を持って解体ショーを見ていたようだけど。

「その皿どうしたの？　料理ならあっちにたくさん……」

「違う違う。これからドラゴンを解体して、その部位を載せてもらうの！」

「おいしーの！」

「へぇ……お、よく見ると、みんな皿を持ってるな」

ハイエルフやエルダードワーフ、サラマンダーや龍騎士も、みんな解体を見て興奮してる。

マルチェラとシャーロットが大雑把に解体し、ドラゴンの下にある調理台で数人の銀猫たちが細かく切り分けるようだ。

「村長も食べよう！　あたしがトドメを刺したドラゴン！」

「う、うん。いただこうかな」

「おにーたん、おさらあっち！」

「ありがとう、エイラちゃん」

皿を持ってノーマちゃんたちのところに戻って気が付いた。

「あれ、そういえばシンハくんやキリンジくんは？」

「ああ、シンハは中で料理食べてる。キリンジはお父さんや龍騎士さんたちと一緒に、お酒を飲んでるよ」

「酒？　へぇ～……ノーマちゃんは飲まないの？」

「まぁ十五歳だし？　大人だし？　飲めるけどさぁ……てか村長、あたしとキリンジをワンセットで数えるのやめてよ～……」

「あはは。いっつも一緒だからつい……ごめんね」

「まぁいいけどぉ。ったく、お母さんたちもなーんか変な感じだし……あたしは別に、あいつのことなんて」

「ん？」

「な、なんでもないっ！」

「おねーたん、おかお赤いよ？」

デーモンオーガの肌は薄黒いから判別しにくいが、エイラちゃんには赤く見えるようだ。

その時、凶悪なドラゴンの頭がシャーロットの持つ巨大ノコギリで綺麗に輪切りにされ、ぷるっぷるの脳が露出した。

「うっげ……」

「わぁ～美味しそう～……エイラ、行くよ！」

「うん、おねーたん！」

「え」

サラマンダー、ドワーフ、ハイエルフが調理台に殺到し、小皿に脳を取り分けてもらっていた。

俺は動けずに眺めていると、ご機嫌なノーマちゃんとエイラちゃんが戻ってきた……お皿にはしっかりドラゴンの脳味噌が載っている。

「あれ、村長はいいの？　早くしないとなくなっちゃうよ？」

「う、いや、俺はいい……どっちかというと肉が食べ――」

「おにーたん、あーん！」

エイラちゃんが、小さなスプーンで脳味噌を掬《すく》い、俺に差し出してきた。

「え、エイラちゃん？　その……」

「……おにーたん、たべないの？」

「うっぐ……」

「あはは、村長照れてるの？　もらってあげなよ」

「…………」

たぶん、今日一番の試練だと思う。ドラゴンの脳味噌。色は桃色でぷるっぷるしている。

周囲を見渡すと、みんな美味しそうに食べていた。

「い、いただきま～す……」

「どーぞ！」

「あむ…………ん、ん？」

あれ、結構……いや、かなり美味い。

ほんのりと塩気があり、口の中でとろける。後味がさわやかな甘さで、見た目に反してデザートっぽい。いや、デザートというよりは前菜……そう、これから食べるであろう、ドラゴンステーキの前に胃を慣らしておくための前菜だ。

「う、うまい……これ、お腹に優しいね」

「でしょ？　お肉の前に食べるといいんだよねー」

「おにーたん、おにくたべよ！」

「ああ。ドラゴンの肉、いっぱい食べようね」

ちなみに、ドラゴンステーキは超絶品でした！

◇◇◇◇◇◇

ドラゴンステーキ美味しかった……

ノーマちゃんとエイラちゃんと別れて再び会場内に戻ると、シェリーとクララベルが一緒に魚料理を食べていた。

「あ、お兄ちゃん」

「お兄ちゃん！」

「っと、よう」

俺の胸に飛びつくクララベルを優しく抱きしめると、ネコみたいに気持ちよさそうにしていた。可愛いなぁ。

シェリーはというと、ため息を吐いて料理に手を伸ばしている。

「お兄ちゃん、料理は？」

「ん、もらうよ。ここは魚料理がメインか……やっぱりサシミがいいな」

「うん。お酒は？」

「んー……少しもらおうかな」

「じゃあ、魚料理に合う白ワインなんてどう？」

「お、いいね」

シェリーはサシミを小皿に取り分け、冷えた白ワインを開けて持ってきた。

俺がグラスを持つと丁寧に注いでくれて、自分のワイングラスにも注ぐ。

サシミの小皿を受け取り、シェリーが自分のグラスを差し出してきたので軽く合わせた。

すると、一連の流れを見ていたクララベルがムーっと唸る。

「なんかシェリー、奥さんみたい……ずるい」

「お、奥さんって……というか、お兄ちゃんのことは一番知ってるからね」

「確かにな。まぁ当然だろ、兄妹なんだから」

冷えた白ワインは酒精《しゅせい》が強いが飲みやすく、口に残っていたドラゴンステーキの油が溶けていく。

そこにサシミを食べると……

「うまい。海の幸は偉大だなぁ」

「でっしょ!?　ねぇ村長!!」

「うおぉぉっ!?」

俺の背後に、ギーナがいた。シェリーもクララベルも驚いている。

ギーナの背後には頭を押さえたシードが立っていた。

「悪い村長、驚かせて。ったくギーナ、耳元でデカい声出すなっての」

「うっさいなぁ。それよりさ、ムァダイはどこ!?　ムァダイ!!」

「む、ムァダイ?　ああ、お祝いで食べるとか言う……」

シェリーとクララベルに聞くが、二人とも首を横に振る。

料理台を見ても、それらしき魚はないようだ。

「ったく……こいつ、自分が仕留めた魚だからってずっと気にしてたんだよ」

「そうなのか?　うーん、ちょっと待ってろ」

俺はたまたま近くにいた銀猫族のオードリーのほうに行き、聞いてみた。

「オードリー、マーメイド族からもらったムァダイはどうした?」

「ムァダイですか?　あれはシルメリアが調理を一手に引き受けていまして、『自分の持つ全ての技術を注ぎこんで調理しますので、少し時間がかかります』とのことです。完成次第出すと言っていました」

「そ、そうか……魚に対する執念がすげぇ」

オードリーから聞いたことを、ギーナたちに伝える。

「シルメリア、魚好きなのは知ってたけどすごいわね」

「でもでも、楽しみかも！」

確かに俺も楽しみだ。

ギーナとシードも、理由がわかって安心したようだ。

「はぁ～、どんな料理が出てくるんだろうねぇ」

「オレたちは捌《さば》いて生で食べることしかしないからな。地上での調理に興味がある」

それから数十分後……一台のカートが会場に入ってきた。押してるのはシルメリアさん。

「お、来た来た」

カートは魚料理のコーナーで止まり、俺を見たシルメリアさんは頭を下げた。

「遅くなり申し訳ございません。ご主人様」

「いやいや、気合を入れて作ってたらしいですね。楽しみにしてましたよ」

「ありがとうございます。では、こちらになります」

カートの上には、様々なムァダイ料理が載っていた。

ムァダイのサシミ、ムァダイの塩焼き、ムァダイの……コメと合わせたやつ？　それにスープ？

なんだこれ、いくつか見たことない料理がある。

「すごいわね……シルメリア、解説をお願い」

「はい、シェリー様。まずこちらはムァダイのサシミ、そしてこちらが塩焼きになります」

「おぉぉ～……美味しそうだね、お兄ちゃん！」

「ああ、すごい」

クララベルが興奮している。確かにこの匂いはヤバい。超美味しそう。

「そしてこちらがムァダイの身とコメの炊き込み料理で、こちらがムァダイの骨を出汁《だし》に使ったスープ、こちらがムァダイの頭を焼いた兜《かぶと》焼きでございます」

「す、すっご～……まさか、全部の部位を使っちゃうなんて」

「ああ。オレたちは身だけ食べてあとは捨てるのが普通だったからな……」

ギーナとシードは驚いていた。すると、いつの間にか背後にロザミアさんがいた。

「見事じゃ。わらわの送ったムァダイをこのような料理に昇華させるとは……そこの銀猫、わらわの専属料理人にならんかえ？」

「申し訳ございません。私はご主人様に仕える身です。この命尽きるまで、この身全てをご主人様に捧げます」

「ちょ、シルメリアさん⁉」

こっぱずかしいセリフをみんなの前で堂々と言うシルメリアさん。俺が恥ずかしいよ！

「ま、まぁいいや。シルメリアさん、みんなに料理を分けてやって。それと、手の空いた銀猫たちも呼んで、みんなで食べよう」

「はい、ご主人様」

とにかく、冷めないうちに料理を食べよう……あー恥ずかしかった。

◇◇◇◇◇

「はー美味かった……お祝いに相応《ふさわ》しい魚だった」

みんなでムァダイを完食したあと、俺は腹ごなしをするため会場内をぶらつく。

ちょっと飲み物が欲しいな。

「おーい村長！　こっちだこっち！　がっはははは!!」

「ん……あ、アウグストさんたち」

立食形式だが、いくつかテーブルは用意してある。

そのうちの一つに、エルダードワーフが五人と……エルミナがいた。

テーブルの上は酒瓶だらけで、みんな顔が赤い……よく見ると、そこにいたエルダードワーフは最初に村に来た五人だった。おいおい、飲みすぎだろ。

「あ、アウグストさん、ラードバンさん、ワルディオさん、マディガンさん、マックドエルさん……みなさん、お揃いで」

「ちょ〜〜、わらしもいるわよぉ〜〜〜」

「エルミナ、お前は酔いすぎだ」

こいつ、新年会が始まってからずっと飲んでやがったな。

とりあえず、久しぶりに会うドワーフもいるし、挨拶するか。

「お久しぶりです、マックドエルさん」

「おう！　まぁ飲め飲め！」

「い、いただきます」

マックドエルさんは現在、エルダードワーフの穴倉と緑龍の村との間を行き来している。村では作れないドワーフの酒とか、大工に必要な道具とかを運搬しているのだとか。

「かぁ〜〜〜っ、酒が美味いぜぇ！」

「おい、つまみよこせ！」

「うっへへ、飲めや飲めやと〜、うっはっはは！」

「うぃぃ〜〜〜」

「お〜い、酒足りねぇぞぉぉ〜〜〜」

「あっははは、あしゅとも飲みなさいよぉぉぉ〜〜〜」

「………………」

さ、酒くせぇ……エルミナも混ざるとさらに地獄だな。

確かに無礼講だけど、ここまでとは……ってかエルミナ、酔っ払いすぎ。

「ほれほれあしゅとぉ、おさけおさけぇ〜」

「少しだけな。というかお前、飲みすぎ」

「だぁってぇ〜、こんな日じゃらいといっぱひ飲めなひもぉん〜」

おいおい、呂律《ろれつ》がヤバいぞ。とりあえず、少しだけ飲んだらこの場を離れよう。

ドワーフとエルミナに付き合い酒を飲み、タイミングを見計らって脱出した。

やばいやばい、エルダードワーフは底なしだからな。逃げ遅れたら潰されていた。

なお、エルミナは酷く酔っ払ってたので、近くにいた銀猫族に頼んで別室に運んでもらう。

別室には酔い覚ましを準備してある。こんなこともあろうかと、酔い潰れた人用に布団や薬を準備してあるのだが……第一号がエルミナとは、まぁ予想していた。

外会場の一画に行くと、ウッドたちがいた。

「やあみんな、楽しんでるか？」

『アシュト、タノシンデル！　タノシンデル！』

『オラ、コンナニタクサンノヒト、ハジメテ』

『フッ、ニギヤカナノモワルクネェ』

「まんどれーいく」

「あるらうねー」

『きゃんきゃんっ！』

ウッド、フンババ、ベヨーテ、マンドレイク、アルラウネ、そしてシロだ。

植物たちとシロは仲が良く、特にウッドはよくシロと遊んでいた。

「シロ、何か食べ……てるな」

『きゃうん！』

シロの専用餌入れにはたくさんの肉やデザートが載っていた。どうやらハイエルフや銀猫たちが入れていったらしい。ウッドやフンババもドラゴンステーキを齧っていた。肉を食べられるんだな。

「まんどれーいく」

「ん、どうした？　ああ、ノド乾いたのか」

「あるらうねー」

「はいはい。ちょっと待ってろ」

外にもテーブルを設置してあり、そこにはジュースやワインの瓶が置いてある。

俺はアルラウネとマンドレイクのために水差しを取りに行き、二人が持っていたコップに注ぐ。

ついでに、ウッドやベヨーテの身体に水をかけた。

『アリガト、アリガト』

『サンキュー、アシュト』

『きゃううん！』

「はいはい、シロも水が欲しいのか」

みんなに水分を与え、太陽を見る。

天気も良く日差しは暖かい。まさに春の陽気と言っていいだろう。

『アシュト、オラ、ネムイ……』

「天気もいいからなぁ。光合成するには最高だ。宴会は夜も続くだろうし、寝てもいいぞ」

『ウン、オラ、ネル……』

フンババにつられたのか、他のみんなもトロンとし始めた。

「まんどれーいく……」

「あるらうねー……」

『ファァ……ネムイ』

『コノヨウキ、サイコウダゼ……』

「お、おい、みんな寝るのか？」

『くぅん……』

「シロまで……はは、みんな待ち望んだ春だしな、ゆっくり光合成してくれ」

基本、みんなは植物なので、水と日光が何よりのご馳走だ。

人間の食事も普通に食べるけど、ドラゴンステーキも、高級酒も、ミュディの手作りケーキも
やっぱり光合成には勝てない。

俺は光合成するみんなを眺め、ゆっくりその場から離れた。


数時間後、少し暗くなってきたが宴会は終わらない。

酒も料理もまだまだ出る。たぶん、これは朝までコースだ。

酔い潰れている者も、腹ごなしに散歩に出かけた者も、風呂に入りに行った者もいる。

ミュディはデザートコーナーの主としてお客にケーキを振る舞い、復活したエルミナはドワーフ

たちと飲み比べを始め、ローレライとクララベルはガーランド王とアルメリア王妃と一緒に談笑し、シェリーはヒュンケル兄と楽しそうに話している。

俺は、接待疲れがあったので、一人で会場の隅っこにいた。

手にはジュースのグラスを持ち、会場内を眺めている。

「アシュトくん、おひさ〜♪」

「シエラ様、お久しぶりです」

ふらりと現れたのは、緑龍シエラ様だ。

ニコニコ笑顔のシエラ様。この笑顔はどんなことがあっても崩れないような気がする。

頭を下げると、シエラ様は俺の隣にするっと収まる。

「ふふ、楽しいわねぇ」

「はい。冬から春になった記念の宴会……三年に一度なら、これからも開催していいかも」

話しながら、俺は宴会の光景を眺めていた。

お、ディアーナがミュディのところでケーキを食べている。ディアーナ、あんな顔で笑うんだな……あ、ルシファーが背後からちょっかいかけて驚かせた。

「そうだ。シエラ様たちの集まりですが、専用の会場を準備しますので、何かご注文とかあれば」

「あらまぁ。気を遣ってくれちゃって……本当にいい子ねぇ」

「うわわ、し、シエラ様？」

シエラ様が俺の頭に手を載せ、優しく撫でる。

「そうねぇ……ヴォルカヌスが騒ぐからお酒をいっぱい、それとアマツミカボシがお魚好きだから魚料理、あと、ニュクスのために木桶を用意しておいて」

「わかりました……木桶？」

「ふふ、あとでわかるわ」

「は、はぁ……」

木桶って、なんでだろう？　まぁ準備するけど。

「それと、まずはアシュトくんの結婚式が先ね。私たちのはそのあとでいいわ」

「は、はい。その、結婚式にはシエラ様にも出席していただきたいのですが……」

「うふふ、もっちろん！　かわいいアシュトくんの結婚式、と～っても楽しみよ♪」

「あ、ありがとうございます」

「ふふふ、私もお嫁さんにしてもらいたいわぁ……ねぇ？」

「え、あの」

「冗談よ、ふぅっ」

「うっひ!?」

耳にフッと息を吹きかけ、シエラ様は去っていった。

あの息吹きはどうしても慣れない……本当に恐ろしい。

新年会は、夜が更けても続いた。

第十章　宴会終わって……

翌朝、俺は来賓席で目を覚ました。

「あいつつつ……う～ん、寝てたのか……うわっ」

会場は酷い有様だった。

転がる酒瓶や酒樽、食い尽くされた料理、そこら中で寝てる人、骨だけのドラゴン……子供たちはいない。ミュディや銀猫たちが家に帰したのかも。

なんか辺りが結構臭い……ゲーした奴がいるな、こりゃ。

「ん～……はぁ、楽しかったぁ」

「ん、そうだな……」

「って、ヒュンケル兄、起きてたの？」

「今起きたんだよ」

俺の隣で突っ伏してたヒュンケル兄が顔を上げていた。頭を押さえ、渋い顔をしている。

「あいつつつ、飲みすぎたぜ……こんなに騒いで飲んだのは久しぶりだ」

「はは、そうなの？　リュドガ兄さんとは騒がないの？」

「あいつと飲むと、俺はツッコミで忙しいからな。と、アシュト、ビッグバロッグに戻る件だが」

「うん、サプライズでしょ？」

「ああ。オレからのプレゼントってことにしてくれ」

「うん、わかった」

ヒュンケル兄と話し合ったことだ。結婚式前日にリュドガ兄さんと顔合わせして、お祝いする。場所はエストレイヤ邸だけど……そこだけは気が乗らない。でも、父上は変わったから大丈夫だとヒュンケル兄は言う。

シェリーもリュドガ兄さんもいるから大丈夫だと思うけど、気は抜かないでおこう。

「オレが帰ったあともお前と連絡を取れればいいんだが、手紙でやり取りするのは難しいしな」

当たり前だが、オーベルシュタインとビッグバロッグ王国との距離は遠い。連絡手段か……

と、久しぶりに思いついた。

「ちょっと待って、ヒュンケル兄」

「あん？　どうした」

俺は肌身離さず持っている『緑龍の知識書《ムルシエラゴ・グリモワール》』を引っ張り出す。

遠距離との会話、なんて……さすがに無理だよね。

＊＊＊＊＊＊＊＊＊＊＊＊＊＊＊＊＊＊＊＊＊＊＊＊＊＊＊＊＊＊

「植物魔法・特殊」
○鈴鳴《リンリン・ベル》りの花

遠くの人とお話がした～い！　そんなことよくあるよね♪

この花を植えればあら不思議。どこでも誰とでもお話できちゃう！

＊＊＊＊＊＊＊＊＊＊＊＊＊＊＊＊＊＊＊＊＊＊＊＊＊＊＊＊

「あったよ……マジでなんでもありなのね」

「……？　おい、どうした？」

「いや、ちょっといいこと考えた。ヒュンケル兄、こっち来て」

「ん、おお」

ヒュンケル兄と会場外へ出て、何もない裏手へ回る。

俺は杖を抜き、本を片手に呪文を唱えた。

「リンリンリン、鈴が鳴ったらお話しましょ、いつでもどこでもリンリンリンリン！『鈴鳴りの花《リンリン・ベル》』」

なにこの詠唱文……と、思う間もなく、杖からポトッと種が落ちた。

その種は地面に落ちると一瞬で生長し、一本の太い茎の頂点に花が一輪、長い蔓《つる》が伸びたところに二輪、合計三輪の花が咲いた。なんだこの変な形の植物……結構小さいから、植木鉢とかに移し替えた方がよさそうかも。

「……おい、なんだこれ」

「え、ええと、これで遠距離でも話ができるはずなんだけど」

「……本当かよ？」

「う、うん。ちょっと待って」

宴会場の裏には園芸用の植木鉢があったのでそこに移し替え、もう一つ同じものを咲かせて、合計二つの植木鉢を俺とヒュンケル兄で持つ。

使い方は……ええと、長い蔓の花を取って耳と口に当て、相手を思い浮かべるだけでいいのか。

「ヒュンケル兄、この花を口と耳に当てて、俺のこと考えて」

「ん……こうか？」

ヒュンケル兄は花を取り、耳と口に当てた。

すると、俺の持つ花から『チリリリリン！』と、鈴のような音がしたのだ。

鳴っているのは、茎の頂点に生える花。これには俺もヒュンケル兄も驚いた。

「び、ビックリした……えっと、これを当てて……ヒュンケル兄、聞こえる？」

俺は音が鳴っていない二輪の花を取り、耳と口に当ててヒュンケル兄を呼ぶ。

『……嘘だろ、花からお前の声が聞こえるぞ』

「俺も聞こえる。よし、ちょっと離れてみよう」

俺は植木鉢を持って移動した。だいたい百メートルほど離れてみる。

『アシュト、聞こえるか？』

「き、聞こえるよ、ヒュンケル兄！」

『おいおい、どうなってんだこりゃ。手紙を書くのがアホらしいぞ』

「問題は、ビッグバロッグ王国まで届くかだけどね」

『はは、検証の価値はあるな』

これはすごい。もしこれが各家庭にあれば、時代が変わるぞ。

『ありがとよアシュト、これを持ってビッグバロッグ王国に帰るぜ』

ヒュンケル兄は『鈴鳴りの花《リンリン・ベル》』を持って、ガーランド王たちや龍騎士団と一緒にビッグバロッグ王国に帰った。

他の来賓たちもお暇《いとま》するとのことだったので、それぞれにお土産を渡す。みんな、お礼を言って帰っていった。来賓たちも住人も満足してくれたようだ。

こうして、緑龍の村の初の新年会は、大成功で幕を下ろした。

宴会場の片付けは、丸一日かかった。

空樽と空瓶を集めて洗い、食器や会場を清掃する。料理はほとんど完食したので生ゴミは出なかったが、骨や野菜クズなどは集めて砕き、畑の肥料にする。

銀猫族は朝から大忙し。サラマンダーやブラックモールも手伝ってくれた。

ちなみにハイエルフとドワーフは大半が二日酔い。薬院に薬を求めて大勢が訪れ、俺とフレキくんは一日中仕事をしていた。

◇◇◇◇◇◇

新年会終了から二週間が経ち、村の生活はいつも通りになった。

冬の気配は完全に消え、暖かくなるにつれ村は活気づき始める。

農園や果樹園の世話が始まり、村の整備と教会の建築や、交易も再開した。

それと俺の温室が改築され、以前より少し大きい温室が二つになった。また、フレキくん専用の小さな温室も建てられた。フレキくんはさっそく薬草を植え、毎日の世話をしている。

マンドレイクやアルラウネも世話を手伝い、春の毛に生え変わったシロやウッドは温室の周辺を走り回っている。アスレチックに向かうハイエルフたちもちらほら見られるようになった。

エルミナも釣りに出かけることが増え、ミュディとシェリーとクララベルは子供たちを連れてピクニックに行くように。ローレライは相変わらず司書として頑張っている。

村での時間は穏やかに過ぎていく。

そんなある日、薬院の診察室に置いてある『鈴鳴りの花《リンリン・ベル》』が、リンリンと音を立てて鳴り始めた。

◇◇◇◇◇◇

サイドテーブルに置いてある『鈴鳴りの花《リンリン・ベル》』が鳴った時、俺は薬院で一人読書をしていた。

「まさか……」

俺はそう呟きつつ、花を取って耳と口に当てた。

「あ、アシュトです……」

『………アシュトか？』

花から聞こえた声は、ヒュンケル兄のものだった。

「ヒュンケル兄っ！　俺だよ、アシュトだよ！　もしかして……」

『ああ、オレはビッグバロッグ王国の自分の屋敷にいる。ついさっき帰ってきたばかりでな……ふぅ、まさかここからアシュトの声が聞こえるとは』

やっぱり、ヒュンケル兄だった。

『鈴鳴りの花《リンリン・ベル》』は、遠く離れていてもちゃんと通じた。これほど嬉しいことはあるだろうか。

「ヒュンケル兄、また声を聞けて嬉しいよ」

『なんだ、気持ち悪いこと言いやがって。でもまぁ、オレも嬉しいぜ』

これはすごい。距離に関係なく会話ができるなら、とても便利だ。

ローレライやクララベルはいつでもガーランド王と会話できるし、ジーグベッグさんやワーウルフ族の村に置けば交易がこれまで以上にやりやすくなる。ディミトリやアドナエルに知られたら……商売に使われそうだ。

『アシュト、帰ってきてわかったが、リュドガの結婚式が近い。町の雰囲気がだいぶ浮ついてやがるからな。お前の方も、出発の準備をしておけよ』

「大丈夫。帰る準備は順調に進んでるよ。今はミュディがはりきって新しいドレスを作ってる」

『そうか。とりあえずオレはこれから城に顔を出して、リュドガとルナマリアに会ってくる。夜にでもまた連絡するから、ちゃんと起きてろよ』

「子供じゃないって、ちゃんと起きてるよ！」

『ははは、じゃあまたあとでな』

「……うん」

ヒュンケル兄の声が途切れた。

俺は花を戻し、喜びに胸を躍《おど》らせていた。

「またあとでな、か……」

何気ない一言が、こんなに嬉しいとは思わなかった。

◇◇◇◇◇

その日の夜。

夕食を終え、風呂に入ってから薬院で読書をしていると、再び『鈴鳴りの花《リンリン・ベル》』が鳴った。

俺は待ってましたと花を取る。

「ヒュンケル兄！」

『っと、聞こえてるっての。声がデカいぞ、アシュト』

「ごめんごめん。それで、どうだった？」

『ああ。結婚式の日取りを確認してきた。オレがいない間に話は進んでてな、大規模なパレードや王城での式典なんかも開かれるみたいだ』

「すごいなぁ……王族でもないのに」

『ははは。それでアシュト、お前は……』

「うん。俺たちは王城には行かないよ」

国とかが絡むと面倒だしな。

それに、今の俺は貴族じゃないから王城にはそう簡単に立ち入れない。シャヘル先生は王宮菜園で仕事してるけど、自分の薬草畑は郊外に持っていたはず。そこに行けば会えるだろう。

『そうか。じゃあお前たちはひとまずオレの家まで来てくれ』

「ヒュンケル兄の？」

『ああ。パレードや式典が終わった翌日に、エストレイヤ家の近親者を集めたパーティーを屋敷で開くそうだ。パーティーが終わったあと、オレがリュドガとルナマリアを別室に呼んで、ささやかなお祝い会を開こうと思う。お前たちはそっちに出てくれないか？』

「それでいいよ。俺はともかく、エストレイヤ家の親戚とシェリーを会わせたら、縁談だのなんだの、面倒なことになると思うからね」

『ああ。それと悪いが、その場にはアイゼン閣下と奥方も呼ぶぞ』

「んー……うん」

父上と母上か……俺に無関心だった二人。

父上は才能と結果しか見ておらず、エストレイヤ家の繁栄しか考えていない人だったし、母上は俺を生んでから多少は面倒を見てくれたけど、すぐに教育係に世話を任せてお茶会ばかり開いていたなぁ。

ぶっちゃけ、教育係の先生やシャヘル先生の方が世話になった。パーティーを開くならそっちの人たちを集めたい……なんて考えたけど、俺のためのパーティーではないしな。

でも、ヒュンケル兄曰《いわ》く、母上はともかく父上はとても変わったらしい。

それを信じて顔を合わせるしかない。

『オレが心配することじゃないが、村は大丈夫なのか？』

「ん、ああ。ディアーナって文官とローレライに任せてるから大丈夫」

ちなみに、ビッグバロッグ王国に行くのは、俺とシェリーとミュディ、なぜかエルミナ、龍騎士のゴーヴァンとその部下数名だ。俺たちはビッグバロッグまで、ドラゴンに乗って向かうのである。

ゴーヴァンはローレライが護衛役として俺に推薦した。腕はピカ一だし、道中は間違いなく安全だ。エルミナはよくわからん。人間の町に興味があるんだってさ。

温室の世話はマンドレイクたちに任せたし、怪我人が出たらフレキくんがいる。俺が留守にしても大丈夫だろう。

『よし。じゃあ、ビッグバロッグ王国のオレの屋敷で会おう』

「うん」

村を空けることはディアーナたちに伝えているし、準備もしっかり進めている。

兄さんの結婚式……楽しみだ。

第十一章　ビッグバロッグ王国へ

全ての準備が整い、ビッグバロッグ王国に帰る日がきた。

メンバーは、俺とミュディとシェリー、エルミナ、騎士ゴーヴァンとその部下七名。

龍騎士に護衛してもらい、ドラゴンに乗って行く。荷物もドラゴンに運んでもらう。

荷物の中には、『鈴鳴りの花《リンリン・ベル》』もある。これを持っていれば、道中何かあってもヒュンケル兄に連絡できる。

村の入口には、ローレライやディアーナ、他の村人たちが見送りに来ていた。

「アシュト、本当は一緒に行きたいけど……それに、あなたの家族に結婚の報告もしたい」

「ローレライ……」

「ふふ、わかってる。村のことを任せたいんでしょ？　安心して、ここは私とディアーナで守るから」

「……ありがとう、ローレライ」

「ん……ゴーヴァン、アシュトをお願いね」

「承りました、姫様」

俺はローレライを優しく抱きしめ、ディアーナの方を見る。

「ディアーナ、村のことは任せた」

「はい。お気を付けていってらっしゃいませ」

そして、シルメリアさん。

「シルメリアさん。家と子供たちをよろしく」

「はい。いってらっしゃいませ、ご主人様」

「お兄ちゃん、ミュアたちはわたしにお任せね！」

「ああ。クララベルも、よろしくな」

ミュディたちも、それぞれの面子と別れの挨拶をしている。

予想では二、三週間はビッグバロッグ王国で生活する予定だ。

「……よし、行くか」

俺の号令で、騎士たちは一斉に敬礼をする。

荷物を運搬用のドラゴンに載せ、俺たちはそれぞれの騎士が操るドラゴンの背中に乗る。

今回のために、エルダードワーフたちが運搬用のアタッチメントを作り、ドラゴンに装備させた。

ドラゴン専用の鎧に椅子をくっつけたような感じだ。ドラゴンの機動性を確保しつつ、座り心地を追求したデザイン……さすがエルダードワーフだ。

ドラゴンは力強く羽ばたき、空へ舞い上がる。

「じゃあ、いってきまーす！」

目的地はビッグバロッグ王国。出発だ！

◇◇◇◇◇◇

ドラゴンの群れは編隊を組み、美しく飛んでいた。

俺はゴーヴァンの操るドラゴンの背で、乗り心地のいいフカフカな椅子に座って空を満喫する。

「ゴーヴァン、オーベルシュタインを抜けるのにどれくらいかかる?」

「夜には森を出られるかと。抜けた場所の近くに検問所がありますので、そちらに宿を手配しております」

「わかった」

旅路は順調で、宿の用意も抜かりはない。それもこれも、ディアーナのおかげである。

検問所に宿を取ってもらったのも彼女のアイデアだ。その検問所はドラゴンロード王国がよく使う場所なので、手配は簡単に終わった。

「みんなは大丈夫かな……」

椅子から落ちないように振り返ると、ミュディたちが見えた。

ミュディはおやつをモグモグ食べ、シェリーは普通に読書、エルミナは寝て……いや、あの顔色、まさか。

「ご、ゴーヴァン。エルミナの乗ってるドラゴンに近付けるか?」

「はっ」

ドラゴンはすぃーっと後方へ。

エルミナの乗るドラゴンの横に付け、真っ青になっているエルミナを観察する……やっぱりこいつ、乗り物酔いしているな？

「おいエルミナ、大丈夫か⁉」

俺は大声でエルミナに呼びかけた。

「う、ぁ……だ、だいじょうぶ、よ」

「お前、無理すんなよ！　気持ち悪かったら言えーっ！」

「うぅ……空、きもちわるいぃぃ……うぇ」

空中の旅はエルミナに深刻なダメージを与えたようだ。こいつ、センティに乗った時も酔っていたっけ。

ちなみに、センティの背中には俺も酔ったが、ドラゴンは意外と平気だった。

「酔い止め、作ってきてよかった」

俺はポケットから薬の入った小瓶を取り出す。

ムィントなどの清涼薬草に、精神を落ち着ける薬草と、頭痛やめまいに効く薬草を合わせたものだ。飲めば多少は酔いが改善されるはず。

「ゴーヴァン、これを隣に渡せる？」

「はっ」

ゴーヴァンは小瓶を受け取り、隣の龍騎士に投げ渡した。受け取った龍騎士がそれをエルミナに

渡すと、震える手でエルミナは一気に飲み……気を失った。

「とりあえず、これで様子を見るか」

「はっ！」

空の旅はまだまだ続く。

◇◇◇◇◇

休憩なしで飛び続け、ようやくオーベルシュタインとビッグバロッグ王国の境《さかい》が見えて来た。

巨大な壁に覆《おお》われた砦《とりで》は、魔獣が入らないように監視するためのもの。その監視の役割を、エストレイヤ家が担っている。

今回泊まるのは、そんな砦にある検問所。

砦の外側に着地すると、久しぶりに見る人間の兵士が数人現れた。

「お疲れ様です！ ドラゴンロード王国龍騎士の皆様！」

「うむ。少し遅くなった、申し訳ない」

「いえ、食事と宿を用意しています！ ……ところで、そちらの方々は？」

フードを深くかぶった俺たちを見て、兵士の一人が眉をひそめた。

「命を受けてオーベルシュタインを探索していた、龍騎士団の手の者たちだ。長旅で疲れているから、早めに休ませてやりたいのだが」

「左様でしたか。それは失礼しました、どうぞこちらへ」

ナイスだゴーヴァン。イケメンな上に演技もうまい。マジで万能だな。

俺やミュディはともかく、元軍人のシェリーは顔が広く知られているから、見られると素性がバレる可能性がある。今回はあくまでお忍びの帰郷なので、龍騎士団の関係者という形式で泊まることにしたのだった。ちなみにこれはローレライの案だ。

兵士たちはゴーヴァンと龍騎士に敬礼し、フードで顔を隠した俺たちを疑うことなく砦内へ。

個室にそれぞれ案内され、ようやく一息つけた。

「はぁ～……疲れた。久しぶりに人間と会ったから、なんかドキドキしたな」

部屋はベッドにソファにテーブルがあるだけの殺風景なものだったが、文句なんてない。

その時、ドアがノックされた。

「はいは～い」

「お兄ちゃん、あたしたち」

「ん、どうぞ」

部屋に入ってきたのはシェリー、ミュディ、エルミナだった。

三人は中に入ると、部屋のソファに腰掛ける。

「はぁ～……だるかったぁ」

「エルミナ、酔いはさめたのか？」

「うん。アシュトの酔い止めのおかげでね。ありがと」

「ああ。今日はゆっくり休んで、明日ビッグバロッグ王国に向かおう。それと、シェリーは向こうで顔バレしないように気を付けろよ。一応ミュディも」

「うん。でも、わたしは家を出て二年以上経ってるし、案外平気じゃない？」

ミュディの言葉に、シェリーが反応する。

「わからないわよ、ミュディ。お兄ちゃんの言う通り、用心するに越したことはないわ」

「う、うん。わかった、シェリーちゃん」

ミュディは気を引き締めたようだった。

エルミナは……まぁ顔を見られても大丈夫だろう。

ビッグバロッグ王国にも亜人種《あじん》や獣人種《じゅうじん》はいるし、もちろんエルフもいる。さすがにハイエルフはいないけど、エルフと見た目は変わらないしな。

エルミナはウキウキな表情で口を開く。

「はぁ……人間の王国、ちょっと楽しみかも！　あのね、みんなにお土産頼まれたんだけど、なにか面白い名産品とかない？」

「お前、完全な好奇心で付いてきたよな……」

「別にいいでしょ。あんただってハイエルフの里に入ったんだから」

「……まぁいいけどな。変にはしゃぐなよ」

「わかってるわよ！」

夕食は、砦では豪華に分類されるものだった。

食事に関して贅沢は言わない。でも、早くもシルメリアさんの料理が恋しくなったのは俺だけじゃないはず。

食後は湯をもらって身体を拭き、明日の出発に備えて寝ることに。

みんなはすぐに寝ただろうが、俺はやることがあった。

俺は『鈴鳴りの花《リンリン・ベル》』の花を取って耳に当てる。

「……ヒュンケル兄？」

『アシュトか。連絡してきたってことは……』

「うん。ビッグバロッグの砦にいる。あと数日で王国に入れるよ」

『そうか。こっちも順調だ。結婚式の日取りも決まって、城や城下町は大騒ぎだ……ったく、王族規模の結婚式になりそうだぜ』

「あはは、リュドガ兄さんはすごいや」

『結婚式は七日後だ。その砦からここまでは三日ほどか。顔を隠して、お祭り状態の町を散策する時間はあるだろうよ』

「うん。実は、エルミナ……ハイエルフの子も一緒に来たんだ。町を見せてやろうと思う」

『お、いいね。お前の嫁か。ったく、オレも相手を探すかなぁ』

「ヒュンケル兄ならすぐに見つかるって」

『おいおい、お前までリュドガみたいなことを言うなよ……』

『鈴鳴りの花《リンリン・ベル》』での会話。距離に関係なく、こうしてお喋りできるのは嬉しいな。

『じゃあ、家で待ってるからよ』

「うん、おやすみ」

『おう』

花を置き、ヒュンケル兄との会話は終わった。

もうすぐビッグバロッグ王国。二年ぶりの帰郷か。

リュドガ兄さん、会ったら驚くだろうなぁ。

第十二章　久しぶりの城下町

ビッグバロッグ王国には、ドラゴンロード王国の龍騎士団専用の厩舎《きゅうしゃ》が存在する。外交でドラゴンに乗ってくることもあるし、ビッグバロッグ王国が出資して立派なドラゴン厩舎を作らせたようだ。俺も何度か、ドラゴンが飛んでくるのを見たことがある。

「……見えた」

「はい。ビッグバロッグ王国です」

ゴーヴァンの操るドラゴンの背から見えたのは、二年ぶりのビッグバロッグ王国だ。

こうして見るとやはり大きい。俺の村の何倍、何十倍の規模だ。

「帰ってきたんだなぁ……」

「厩舎に向かいます。その後は馬車を手配していますので、それに乗り換えてヒュンケル殿の屋敷へ直行します」

「うん、わかった」

ドラゴンは、厩舎に向かって飛んでいく。

ドラゴン厩舎に到着した俺たちは、常駐の龍騎士とドラゴンの世話役から敬礼を受けた。

俺たちの素性は話していないが、騎士団長であるゴーヴァンが直々に連れてきたのだから、貴族並みの待遇を受けた。

挨拶もそこそこに、厩舎外に用意してあった馬車に乗り込んで出発する。

「はぁ～……懐かしいな」

「うん。あ、見て見て、あそこのパン屋さん、まだ営業してる！」

「ほんとだ。ねぇシェリーちゃん、あそこのスィーツ店知ってる？」

「うん、行ったことある！　エルミナ、案内してあげよっか？」

「行く行く！　人間のお菓子屋さんなんて面白そう！」

女子たちはキャッキャと騒いでいた。

一応、シェリーとミュディは目立たないようシンプルなシャツとスカートに帽子を深く被らせており、エルミナは洒落たワンピースにつばの広い帽子を被っている。平民の女子二人がエルフの少女を町案内してるようにしか見えない。

エルフだけじゃなく、異種族は結構いる。

ドワーフの生活用品店やエルフの薬屋、猫人の花屋に蜥蜴《リザード》族の飲食店。

「…………都会だなぁ」

なんだか、初めて来る町みたい感想が口をついて出た。

見覚えのある場所だが、俺は町であまり遊ばなかった。勉強ばかりしていたし、王宮菜園の往復だけで町は素通りだったたし、しかも馬車で移動することも多かった。

でも、やはり懐かしい気持ちはある。

そりゃそうだ。ここは……俺の生まれた国で、故郷なんだから。

◇◇◇◇◇

平民街を抜け、貴族街と呼ばれる高級住宅地にやってきた。

ここは貴族が屋敷を多く構える区画で、貴族街の高台一等地にはエストレイヤ家の屋敷がある。

貴族たちを見下ろすような、ビッグバロッグ王国における貴族の象徴ともいえる屋敷だ。

だが、俺たちが向かってるのは、貴族街の外れにある屋敷。

シェリーが「なんであんな屋敷を持っているのか」と聞いてきたので、教えてやった。

「ヒュンケル兄、実家のギュスターヴ家の当主争いに巻き込まれたくないからって、魔獣討伐の報酬で没落貴族の土地と屋敷を買ったんだって。『オレの秘密基地』って言ってリュドガ兄さんを羨ましがらせたとか」

「ヒュンケル兄らしいね、お兄ちゃん」

酒の席でそんな話をしてくれたんだよな。

名門貴族ギュスターヴ家の七男であるヒュンケル兄。上の兄弟が次期当主の座を争う醜《みにく》い姿を見るのが嫌になったのだとか。

使用人は信頼できる人しか置いていないし、ギュスターヴ家の当主争いからはすでに脱落したから、屋敷で悠々自適に暮らしてると言っていた。

「お、着いた」

馬車は、ヒュンケル兄の屋敷に到着した。

大きくも小さくもない。エストレイヤ家の無駄に広い屋敷より、このくらいのサイズがいい。掃除も楽だしな。

馬車から降りると、初老の男性が出迎えてくれた。

「いらっしゃいませ」

「こんにちは。えっと、ヒュンケル兄……いえ、ヒュンケル・ギュスターヴ殿はいらっしゃいますか？」

「はい。中に案内するように仰《おお》せつかっています。どうぞこちらへ」

男性に案内され、俺たちは中へ。ゴーヴァンと護衛の騎士は荷物を降ろしてくれた。

やってきたのは応接室だ。ドアが開き、中へ入る。

「よう、遠路はるばるご苦労さん」

「「ヒュンケル兄！」」

「ヒュンケルさん！」

俺とシェリー、ミュディは中にいたヒュンケル兄を見て歓声を上げた。

ヒュンケル兄は俺たちにソファを勧め、初老の男性に命じた。

「爺《じい》や、とびっきりの紅茶を頼む。それと疲れが吹っ飛ぶような甘いケーキもな」

「かしこまりました。お坊《ぼっ》ちゃま」

「坊ちゃまはやめろっての。ったく」

爺やと呼ばれた男性はにこやかに部屋を出ていき、ヒュンケル兄が口を開く。

「爺やはオレが生まれた頃からの世話役でな、この屋敷を買った時に付いてきてくれたんだ」

「へぇ～……」

「っと、それより、改めてようこそ。どうだお前ら、久しぶりのビッグバロッグ王国は」

「う～ん、懐かしいわね。ねぇミュディ」

「うん。二年ぶりだけど、あんまり変わってないかも」

爺やがティーカートを押して入ってきた。

優しい紅茶の香りと、クリームたっぷりのケーキが出される。エルミナはさっそくケーキに手を伸ばし、美味しそうにパクついてた。

「ん、おいひい！」

「だろ？　おかわりもあるからいっぱい食えよ、エルフのお嬢ちゃん」

「む、私はお嬢ちゃんじゃないし！　もうすぐ一万歳のレディなんだからね！」

「……そ、そうか」

エルフは数百年しか生きないけど、ハイエルフはほぼ不死の存在だ。ジーグベッグさんなんて百万年近く生きている。

お茶とケーキを楽しみ、しばらく談笑した。

「屋敷は好きに使っていい。それと、外出の際は遠巻きに護衛を配置しておく。いかにもな騎士がくっついてると怪しまれるからな」

「うん。ありがとう」

「ああ。アシュトとミュディはともかく、シェリーは顔と髪を隠していけ。お前の知名度は今でも高いからな、見つかったら厄介だ」

「うげっ、そうなの……？　面倒くさいなぁ」

「はは、王城に近付かなきゃ平気だと思うが、一応な。町はリュドガの結婚式で大盛り上がりだ。各商店もセールしてるし、エストレイヤ家なんて、てんやわんやの大騒ぎだぜ」

父上はわからんが、世間体を気にする母上は忙しいだろうな。

リュドガ兄さんやルナマリアさんの衣装合わせとかがあるだろう……って。

「あれ、ヒュンケル兄だって忙しいんじゃゃ？」

「あ？　オレはいいんだよ。衣装はすでに準備したし、贈り物も用意した。それに、優秀な部下が仕事を片付けちまってな、リュドガの結婚式に集中できるようにと気を回してくれたんだ」

「へぇ、いい部下なんだね」

「ああ。今度町の酒場でおごる約束をしてる」

その時、ケーキを完食したエルミナが言った。

「アシュト、町に出かけたい！　人間の町、面白そう！」

「お前な、到着したばかりだろうが。まだ午前中で時間はあるけど……」

「あ、アタシはいいよ。全然疲れてないし」

「わたしも、エルミナちゃんと町を散歩したいなぁ」

「おいおい……」

すると、ヒュンケル兄は掌より大きな袋を四つ、テーブルの上に置いた。

「どうせ金持ってないだろ？　小遣いをやるから町で遊んでこい」

「え、でも、こんなに？」

「新年会では世話になったからな。好きに使え」

ヒュンケル兄、かっこいい……こんな気前のいい大人になりたい。

ヒュンケル兄からお小遣いをもらい、エルミナたちと一緒に町に繰り出した。

エルミナたちはみんなにお土産を買うとかで、ビッグバロッグ城下町のメインストリートで観光名所でもある商店街へやってきた。

「わ～お、すっごいわねぇ……」

「でしょ？　ここには飲食店はもちろん、お土産屋さんやビッグバロッグブランドの洋装店が連なってるの！」

「シェリーちゃん、なんだか興奮してる」

「そりゃそうよ。二年ぶりだし……懐かしいわ」

「うん……そうだね」

エルミナはきょろきょろし、ミュディとシェリーは感慨深げに町を眺めている。

この商店街は横幅の広い一本道で、全ての建物が店になっている。観光客や住人はもちろん、いろんな種族に対応した店も並んでいた。

リザード族用の飲食店では生肉が提供され、エルフの伝統衣装を取り扱う服屋なんかもある。ここを完全に見て回るのには、最低でも一ヶ月は必要だ。

「おい、迷子になるなよー」

「なりませんー。お兄ちゃんってば、自分の生まれた町で迷子になるわけないじゃん！」

「あのな、大通りは一本道だけど、裏路地はかなり入り組んでるんだぞ？」

「あはは。大丈夫だよアシュト、裏までは入らないから」

「ねぇねぇ、早く行きましょ！」

心配なので、俺も一緒に付いていく。遠巻きに護衛を配置すると言っていたけど、この人ごみじゃ誰が誰だかわからないしな。

逸《はや》るエルミナを抑えつつ、さっそく買い物といきますか。

◇◇◇◇◇◇

ミュディが見つけた喫茶店に入り、テラス席を確保する。

「あ、ならあそこなんてどう？　テラス席が空いてるよ！」

「あ、ほんとだ。ごめんねお兄ちゃん、お昼ごはん食べよっか」

「おい、少しは休ませろ……もう昼を過ぎてるぞ」

「ほらアシュト、次行くわよ次！」

俺は何も買っていないのだが、両手にいくつも紙袋を持ち、大汗を流してぐったりしていた。

ファッションショーでもするかのように服を取り換えていく。

キャッキャウフフと服屋やアクセサリーショップを回り、気に入ったものを買ったら俺に持たせ、

商店街に入って数時間。まだ買い物は続いていた。

「こっちのサンダルもステキかも！」

「じゃあミュディにはこの帽子なんてどうかな？」

「うん、エルミナちゃんも似合ってるー！」

「私はどう？」

「わぁ、シェリーちゃんステキ！」

「見て見て、これ似合う？」

ようやく荷物を降ろし、お冷を一気に飲み干した。

「アシュト、注文どーする?」

エルミナが聞いてきた。

「そうだな……この季節野菜のパスタとスープで」

「もっとガッツリ行きなさいよ、男でしょ?」

「ほっとけ」

エルミナはステーキ、ミュディはサンドイッチ、シェリーは俺と同じパスタを注文し、食後にはデザートと紅茶を頼んだ。

料理が届く間、みんなで談笑する。

「やっぱり、リュウ兄とルナマリアさんの結婚式で持ち切りだよねー」

「ああ。セールまでやってたからなぁ。イチ貴族の結婚でここまで盛り上がるなんてないぞ」

「王族でもこんなには祝福されないよ……リュドガさん、国民から慕われてるもんね」

「アシュトのお兄ちゃん、すごい人なのねぇ」

「そうだな……国民や騎士たちからすごく慕《した》われているのは、町の雰囲気でよくわかる」

我が兄ながらとんでもない……尊敬するよ。

いずれは王族に名を連ねるとか、よくわからん噂も結構聞いたな。そんなわけない……よな?

「おまたせしました〜!」

料理が来たのでさっそく食べる。

シルメリアさんの料理も美味しいけど、ここで食べる料理も新鮮な感じだ。美味い。

食後のデザートや紅茶も美味かった。たまにはこういうのもいいな。

すると、シェリーが後ろの席に座るカップルにいきなり声をかけた。

「荷物、置いていくからよろしくね」

「はっ、はい」

背後の人は、驚きながらも小さく頷いた。

「え、おいシェリー？」

「ヒュンケル兄が手配した護衛さんだよ？」

「え、な、なんでわかったんだ？」

「素人の歩き方じゃなかったし。あと、住人を装って町に溶け込もうとしてるみたいだけど、それがかえって不自然な感じになってたの。まぁ、アタシにバレるくらいだから、護衛任務には慣れてないのかもね」

「お、おい、全然気付かなかったぞ」

「わ、私も」

「わたしも……」

目を丸くする俺、エルミナ、ミュディにシェリーは「そう？」と首を傾げた。

「まぁ別にいいでしょ。それより、お兄ちゃんも身軽になったし、みんなへのお土産でも買えば？」

「あ、ああ」

村でのほほんと暮らしてるから忘れがちだけど、シェリーってばこう見えてビッグバロッグ王国軍のエリートだったんだよなぁ……腕は鈍《なま》ってないようだ。

そういえば、たまに魔法の訓練もしてたっけ。

「じゃ、買い物再開といこっか！」

そうだな。せっかくだし、子供たちに土産でも買うか。

◇◇◇◇◇◇

やってきたのはアクセサリーショップだ。えっと、村にいる子どもたちは……

「ミュアちゃん、ライラちゃん、マンドレイクとアルラウネ、ノーマちゃんにエイラちゃん、キリンジくんとシンハくん、フレキくんとアセナちゃん、ハイピクシーたち、ええと……」

いっぱいいるな……

とりあえず、俺の家に住んでいる子供には個別で渡し、残りの子にはお菓子を買うことにした。

ミュアちゃんとライラちゃん、マンドレイクとアルラウネ。それと、弟子のフレキくんと妹のアセナちゃんにも買っていくか。

アクセサリーショップを眺めていると、ミュディが隣に来た。

「アシュト、どうするの？」

「うーん……」

「結構みんな活発だから、邪魔にならないものとかいいんじゃない？」

「ふむ……」

ミュディのアドバイスで、俺はいくつか小物を買った。

ミュアちゃんとライラちゃんには髪留め、マンドレイクとアルラウネにはブローチ、アセナちゃんにはリボン、フレキくんにはブックカバー。

それと、もういくつか買っておく。

「……それは？」

「ん、ローレライとクララベル、それとシルメリアさんに」

ローレライに似合いそうな碧玉《へきぎょく》のネックレスと、クララベルに似合いそうな紅玉《こうぎょく》のネックレス。

それと、シルメリアさんには水晶のネックレスだ。

「他は申し訳ないけど、種族ごとにお菓子でも買っていくよ」

「わたしたちも一緒に買うね。ハイエルフたちの分はエルミナちゃんが買うって言ってたよ」

「そっか。じゃあ、銀猫たちのお土産は俺が買うよ」

いくつかのお菓子に目星をつけ、この日は帰ることにした。

久しぶりに町を散策できて、みんな楽しめたと思う。

できることなら、今度はみんなで来たい……そう思った。

今日はゆっくり休んで、明日は……シャヘル先生に挨拶したいな。

第十三章　再会

ヒュンケル兄の屋敷に泊まった翌日。城下町の空気はリュドガ兄さんの結婚式で染まり、パレードや式典が楽しみだと、そんな声ばかり聞こえるようになってきた。

朝食の席で、ヒュンケル兄が愚痴《ぐち》をこぼす。

「リュドガのやつ、世話になった酒場や飯屋に顔を出したいとか言いやがってよ……こんな状態で町を歩けばパニックになるのが目に見えてるのに、あいつはそれがわかってねぇんだよ……」

「リュウ兄、相変わらず鈍感なんだね……」

シェリーの言葉に、俺が反応する。

「そうなのか？　世話になったなら顔を出すべきだろ？」

「あ、アシュト、リュドガさんが揉みくちゃされて怪我したらどうするの？」

「アシュトも抜けてるわよねー」

エルミナが焼き立てのパンをモグモグ食べながら言う。おいおい、俺が抜けてるだと？　……って、シェリーもミュディもヒュンケル兄も、なんで苦笑いしてるんだよ。

「それはそうと今日はどうするんだ？　パーティーまで時間はあるし、のんびりしていいけどよ」

「ヒュンケル兄はどうするの？」

「オレは城で仕事だ。優秀な部下は休んでいいと言うが、そうもいかないんでね」

いい部下なんだなぁ。リュドガ兄さんとルナマリアさんとヒュンケル兄の関係はみんな知っているから、気を遣っているんだろうな。

「アタシは町をぶらつきたいなー」

「わたしは……シェリーちゃんに付き合うよ」

「俺は行きたいところがある。その、世話になった人に挨拶したい」

そう言ったら、ヒュンケル兄は眉をピクリと動かした。

「おいアシュト、それは」

「大丈夫。シャヘル先生は言いふらしたりしないよ」

「……まぁいいか」

「エルミナはどうする？」

「んー……町もいいけど、アシュトに付いていこうかな」

「別にいいけど、行くのは郊外の農園だぞ？」

「じゃあなおさら。私はハイエルフだからね。やっぱり自然に触れたい気持ちがあるのよ」

というわけで、今日は別れて行動することにした。

◇◇◇◇◇◇

俺とエルミナは、ビッグバロッグ王国郊外にある農園に向かっていた。

その農園にある温室はシャヘル先生が作ったもので、エルフ族に伝わる貴重な薬草が数多く育てられている。

王国の管理下にない、シャヘル先生の個人的な持ち物だ。

シャヘル先生は、王宮の温室の手入れや、見習い薬師たちに授業をしたあと、自分の温室に戻って手入れをしていることが多い。自宅も温室のすぐ近くにあるしな。

道中、エルミナからこんな質問が。

「ねぇ、エルフがなんで人間の王国で薬師をしてるの？」

「シャヘル先生は、ビッグバロッグ領土にあるエルフの国出身で、エルフの薬草知識を人間に広めるために来たんだ」

ビッグバロッグ王国とエルフの国は、友好関係にある。森に囲まれたエルフの国へ観光しに行く人もいるし、エルフの国に住んでいる人間だって多い。もちろん、その逆もある。

数年に一度、シャヘル先生も里帰りすると言っていたな。

「着いた……」

「へぇ～、立派な温室じゃない」

時間的に、シャヘル先生は温室の手入れをしていると思うけど……

「アシュト、あそこにエルフがいるわよ」

「え……」

温室から少し離れた場所に、こぢんまりとした平屋が建っていた。シャヘル先生の自宅である。

王宮薬師として働いてるシャヘル先生は貴族と同じくらいの好待遇で、給金もたくさんもらっているると聞く。でも、質素なものを好むシャヘル先生は、木造の平屋を建てて住んでいた。

そんな平屋の近くに、確かにシャヘル先生がいた。

散歩でもしているのか、薄く微笑みながら日の光を浴びている。

「シャヘル先生……」

挨拶もせずに、俺は王国を出た。忙しくて忘れていたが、シャヘル先生は俺の恩師だ。

もう二百歳を超えているシャヘル先生の姿は、俺に優しく授業をしてくれた当時のままだ。

「…………」

「行かないの？」

「……行く」

シャヘル先生のもとへ向かうと、向こうもこちらに気付いた。

俺はローブに帽子を被っている。遠距離じゃわからない。

「おや、どちらさまですかな？」

「……ご無沙汰しております、シャヘル先生」

帽子を取る俺。シャヘル先生は目を見開き、笑みを浮かべて頷いた。

「アシュトくん……おお、また会えるとは」

「なんの挨拶もせずいなくなって、本当に、申し訳ありませんでした……っ!!」

俺は全ての思いを乗せて頭を下げた。

すると、俺の肩にシャヘル先生の手が優しく置かれる。

「きみが無事でよかった。いろいろあったのでしょう？　よろしければ、お茶でも飲みながらお話しましょう。そちらのお嬢さんも一緒に」

「ちょっと、ハイエルフの私をお嬢さんなんて呼ばないでよ！」

「え……？」

シャヘル先生の驚愕した顔を見たのは、初めてだったかもしれない。

◇◇◇◇◇

質素な家の中に案内され、シャヘル先生が育てた茶葉を使った紅茶を飲みながら、これまでのことを話した。

「なるほど、オーベルシュタイン領で村を……」

「はい。エルミナともそこで出会ったんです。その、今は婚約しています」

「ふふーん」

なぜか胸を張るエルミナ。シャヘル先生はエルミナをじっくりと見る。

「伝説では碧玉の瞳にエメラルドのような髪を持つと聞きましたが……まさにその通りですな」

「私からすれば、エルフの方が珍しいんだけどね」

「しかも、オーベルシュタイン領土に集落を構え生活しているとは……まさか、伝説の大樹ユグドラシルはオーベルシュタインに？」

「ユグドラシルは結構生えてるわよ。私の故郷にもあるし、パパとママがいる集落にもあるわね」

「おい、初耳だぞ。パパとママ？」

俺が聞くと、エルミナは頷いた。

「うん。私はメージュたちがいたから付いていかなかったけど、パパとママは新しいユグドラシルの下に里を作ってそこで族長をやってるのよ。全てのユグドラシルの下にはハイエルフの里があって、例外なくフェンリルが守護してるわ」

「へぇ～……」

「あんたのユグドラシルは一番の若手ね。フェンリルもちっこいし」

思った以上に、ハイエルフは数がいるようだ。

ジーグベッグさんのユグドラシルが一番の巨木で、フェンリルも最年長らしいけど。

シャヘル先生は紅茶を啜《すす》る。

「素晴らしい。エルフの短い人生で、ハイエルフ様に出会えるとは」

「ふふーん」

「おい、いちいち胸を張るなっての」

エルミナを軽く小突いたあと、シャヘル先生に言う。

「シャヘル先生、先ほども伝えましたが、俺がここに来たことは内密でお願いします」

「もちろんです。サプライズパーティー、成功を祈ってますよ」

「ありがとうございます」

「それと……アイゼン様のことですが」

「…………」

その名前は聞きたくない、それが本音だ。

でも、シャヘル先生は笑顔で言う。

「アイゼン様に会えば、アシュトくんは驚きますよ」

「……え？」

「ふふ、アシュトくんにとってのサプライズと言ったところですね」

「は、はぁ？」

「さぁ、時間は有限です。よろしければ、アシュトくんのこれまでをもっとお聞かせ願えませんか？　きみとまたこうして話せるなんて思っていませんでしたから」

「……はいっ」

この日は、夕方近くまで話し込んだ。

◇◇◇◇◇

日が暮れ始め、そろそろ帰る時間になった。

「シャヘル先生、そろそろ俺たち……」

「ああ、そんな時間ですか。楽しい時間は過ぎるのが早い」

「その前に、植木鉢をお借りしてよろしいですか？」

「？　……構いませんが」

俺たちは外に出て、シャヘル先生から借りた植木鉢に土を入れる。

杖を取り出して俺は詠唱した。

「リンリンリン、鈴が鳴ったらお話ししましょ、いつでもどこでもリンリンリン！　『鈴鳴りの花《リンリン・ベル》』」

気の抜けるような詠唱が終わると、杖先からポトッと種が落ち、グングン成長する。

ヒュンケル兄だけじゃなく、シャヘル先生とも話ができるように、ここに置いておこう。

「これは……」

「これがあれば、どんなに離れていてもお話できます。使い方は……」

『鈴鳴りの花《リンリン・ベル》』の花を取り、口と耳に当てる。そして話したい相手を念じると相手の花が鳴る。にわかには信じがたい魔法だろうが、シャヘル先生は信じてくれた。

「植物。大地の恵みの可能性は無限大……実に素晴らしい」

「シャヘル先生、今夜連絡します」

「お待ちしていますよ、アシュトくん」

エルミナは『鈴鳴りの花《リンリン・ベル》』をジトッと見ていた。

「ってか、これ欲しい……アシュト、こんな便利なのあったなら教えてよぉ～」

「わかったわかった。帰ったらいくつか作ってやるから」

じゃれつくエルミナを引き剥がす。可愛いんだけど、こういうボディタッチはまだ慣れないんだよなぁ。

俺はシャヘル先生に頭を下げる。

「シャヘル先生、今日はありがとうございました」

「それはこちらのセリフですよ。本当に、素晴らしい時間でした」

「私も、エルフに会えてよかったわ。帰ったらみんなに自慢しよっと」

こうして、俺の心残りの一つだった、シャヘル先生への挨拶が終わった。

『鈴鳴りの花《リンリン・ベル》』も置いたし、これからは気軽にお話できる。

もうすぐリュドガ兄さんの結婚式……早く会いたいな。

◇◇◇◇◇

ビッグバロッグ王国のメインストリートは、王城へと真っ直ぐ続く、長くて横幅の広い道だ。そこは普段、馬車や町人や騎士たちが歩いており、現在は観光客でごった返している。

「すごいな……」

「うん。あ、見てあれ」

「あれ、リュドガさん……お姉さま」

「……………兄さん」

今日は、リュドガ兄さんの結婚式。

王国を挙げてのパレードが催され、メインストリートの中央を巨大な特注馬車が走り、高台になった荷車の上で、リュドガ兄さんとルナマリアさんが手を振っている。

俺たちは、ヒュンケル兄が手配した空き家の二階から、パレードを眺めていた。

ヒュンケル兄から聞いたところ、特注馬車はビッグバロッグ王国を回り、王城にある教会で挙式、そして夜は王城で式典を開いてそのまま泊まり、翌日はエストレイヤ家で近親者のパーティーを行う。

近親者パーティーが終わったら、ヒュンケル兄が別室でより身内向けのパーティーを開く。そこでサプライズとして俺たちが登場するというわけだ。

「兄さん……幸せそうだ」

「お姉さまも……」

おそらく無意識に、ミュディが俺の腕に抱き着く。

俺もあんな風にミュディたちを幸せにできるかな……教会もそろそろ完成するし、次は俺の番だ。

「ねぇねぇ、お腹減ったわー」

「お前な、空気読めよ……」

エルミナはお腹を押さえたあと、俺の背中に抱きいた。これはこれで可愛いので苦笑してしまう。

リュドガ兄さんたちも行ったし、人混みもまばらになってきた。ヒュンケル兄の屋敷に帰るとするか。

「ミュディ、シェリー、明日の夜はいよいよ再会だ。準備はいいな？」

「うん。大丈夫、あたしもミュディも準備万端。ドレスも準備してあるしね」

「ふふ、サプライズなんて初めてだから緊張するわ」

どうやら大丈夫そうだ。

贈り物は準備してあるし、俺も父上や母上に会う準備はできている。

勝負は明日の夜……がんばろう。

◇◇◇◇◇◇

パレード翌日の夕方。ヒュンケル兄の屋敷で正装に着替え、俺はロビーでミュディたちを待っていた。女性の着替えは時間がかかる。化粧もあるしな。

ヒュンケル兄の爺やが馬車を準備してくれているので、そこに乗ってエストレイヤ家に向かう。

あとはミュディたちを待つのみ……

「お待たせ、アシュト」

「ミュディ……おぉ」

ミュディ、シェリー、エルミナのドレス姿だ。

清楚なドレスのミュディ、大胆に肩を露出したシェリー、ミュディが選んだというドレスのエルミナ、全員とても似合っていた。

「どう、お兄ちゃん」

「うん、似合ってる。でもシェリー、肌を見せすぎだぞ」

「ふふん、アタシもう子供じゃないし、こういうドレスを着てみたかったのよ」

そんなもんなのか。

「エルミナは普段の騒がしい感じが消えて、大人しく見えるな」

「……なんか引っかかる言い方ね」

「よし、準備はできたな。行こうか」

話はここまで。ヒュンケル兄たちは現在、エストレイヤ家でパーティーの真っ最中だ。

ヒュンケル兄が事前に門番と裏口の警備員に手を回したおかげで、敷地にはノーチェックで入れる。

俺たちは爺やが用意した馬車に乗り込み、エストレイヤ家に向かって出発した。

◇◇◇◇◇

ヒュンケルは現在、親族パーティーに招かれてエストレイヤ家にいる。

彼は親族ではないが、リュドガとルナマリアたっての希望だったので特例として認められた。

ヒュンケルとしても彼らを祝いたかったので、招待はありがたかった。

自惚《うぬぼ》れでなく、この二人の結婚を一番喜んでいるのは自分であるとヒュンケルは思っていた。その考えは、別室に控えるサプライズメンバーのことを含めても変わらない。

だが、まさにそのサプライズメンバーの存在のために、ヒュンケルは気が気ではなくなっている。

ヒュンケルは窓際でグラス片手に会場内を眺めつつ、独り言を呟く。

「……そろそろだな」

もうすぐ、爺やが操縦する馬車が到着する時間だ。

すると、一台の馬車が、ランプを何度か点滅させながらエストレイヤ家に停車した。あらかじめ決めていた合図だ。あそこにアシュトたちが乗っている。

その時、窓際にいたヒュンケルのもとにリュドガが来た。

「ヒュンケル、夜景でも眺めているのかい？」

「うおぉっ⁉　りゅ、リュドガかよ、驚かせるな！」

「お、驚いたのはこっちだ……どうしたんだ、一体？」

「い、いや」

突然の大声に目を丸くするリュドガに、ヒュンケルはなんでもないと手を振る。

ルナマリアはどこかと見ると、エストレイヤ家と、ルナマリアの実家アトワイト家の親族に囲まれている。しばらくは輪から出てこられないだろう。

「はぁ～……パーティー続きで疲れるよ」

「文句言うな。それに、このあとはオレに付き合う約束だろ？」

「ははは、もちろん。正直、国王や貴族たちの祝辞より、ぶっきらぼうだけど愛を感じるお前の『おめでとう』が一番嬉しいよ」

「……無自覚でこれだよ、お前ってマジで大物だよな」

「?」

こっぱずかしいセリフを笑顔で言うリュドガに、ヒュンケルは苦笑した。

このあとのパーティーでは、サプライズのプレゼントを二つ用意してある。

一つはアシュトたちとの再会。もう一つは手紙を隠した罪滅ぼしで、自分への罰でもある。

リュドガはヒュンケルから視線を移し、アイゼンの方を見る。

「父上、あんなに嬉しそうにして……」

「ああ。確かにな……というか、別人みたいだな」

アイゼンは、度重なる農作業でバルクアップしていた。

髪を短髪にして、顔は日焼けで真っ黒だ。かつてのアイゼン将軍を知る者はきっと別人と思うだろう。

「アリューシア様は……」

「あそこ……」

リュドガが視線を向けた先には、親族の婦人たちを集めて悦《えつ》に入《い》っているエストレイヤ婦人、アリューシアがいた。自分こそがここに集まった貴族婦人の頂点なのだと、知らしめているようだ。

「やれやれ……母上はいつもああだ。くだらない」

「やめとけ、祝いの席だぞ」

「……悪い」

リュドガとヒュンケルは気を取り直し、グラスを合わせる。

そこに、ようやく解放されたルナマリアが来た。

「すまないなヒュンケル、待たせたようだ」

「気にすんな。ってか、親族の集まりにオレがいること自体おかしいんだ。優先順位は最下位でいい」

「馬鹿を言うな。お前は私とリュドガにとって家族のようなものだ。優劣を付けるのは馬鹿らしいが……お前が一番だ」

「……お前ら、マジで似たもの夫婦だわ」

ヒュンケルは苦笑し、ルナマリアともグラスを合わせた。


やがてパーティーがお開きとなる。

エストレイヤ家に泊まる者もいれば、そのまま帰る者もいる。

ヒュンケルは、リュドガとルナマリアを呼び、アイゼンにも声をかけようとしたら、先に彼の方がやってきた。

「あれ、アリューシア様は？」

ヒュンケルが尋ねると、アイゼンは頭を抱える。

「申し訳ない……アリューシアは、婦人たちを連れて別宅へ行ってしまった。家族でパーティーをすると伝えたのだが……」

「あー……」

さすがに、これはヒュンケルにも予想外だった。

エストレイヤ家の別宅は豪華な作りで、国賓レベルの客をもてなす用途で建てられた。エストレイヤ家の親戚はもちろん、アトワイト家の親族にも見せびらかそうとアリューシアは考えたのだろう。

リュドガはため息を吐いた。

「もう母上は放っておきましょう。挨拶ばかりで喉《のど》が渇《かわ》いたし、早く移動して飲みましょう」

「……そうだな」

アイゼンが頷き、ルナマリアとヒュンケルは互いに顔を見合わせる。

母親はともかく、父と息子は仲良くしているようだ。

「じゃ、じゃあ隣の部屋で。軽い酒とデザートを準備してある」

ヒュンケルは三人をエスコートし、隣の部屋に入る。

客間に横長のソファとテーブルを置き、そこに果物の盛り合わせと各種ワインを用意していた。

ちなみにこれらはヒュンケルの自腹だ。

「さ、座ってくれ。ギュスターヴ家からくすねてきた最高級ワインだ」

「お、おい、いいのか？」

「リュドガ将軍に渡したって言えばいい。逆に感謝するだろうさ」

客間が笑いに包まれた。

貴族たちの集まりや親族のパーティーとは違う、純粋な笑いがここにあった。

ワインを注ぎ、乾杯する。

「では、リュドガとルナマリアの未来に……乾杯」

「「乾杯」」

グラスを合わせ、ワインを飲む。

最高級品だけあって味に深みがある。リュドガもルナマリアもアイゼンも、ギュスターヴ家のワインに満足していた。

これからは家族の楽しい時間だった。

そして……サプライズの時間でもある。

酒で喉が潤《うるお》った頃、ヒュンケルは言う。

「リュドガ、ルナマリア。そして……アイゼン様」

「ん？　なんだヒュンケル、そんな真面目な顔して」

「今日はめでたい日だ。こんなに酒の美味い日は初めてかもな……だが、お前たちに結婚祝いをやってない」

「結婚祝い？　なんだ、気を遣わなくてもいいぞヒュンケル。私たちの仲じゃないか」

「そういうわけにいかねぇよ、ルナマリア。悩んだが、オレにできるのはこれくらいだ……アイゼン様」

「むぅ？　どうしたのだ？」

「いえ、もしかしたら勝手なことをしたかもしれません。ですが、この祝いの席にどうしてもこいつらを呼びたかった……」

ヒュンケルは、パンパンと手を叩く。

それを合図に、客間のドアがゆっくりと開かれ――

「――結婚、おめでとうございます。リュドガ兄さん」

アシュトが、客間に入ってきた。

◇◇◇◇◇◇

ヒュンケル兄の合図と同時に扉を開ける。

一歩踏み出すと、そこには……リュドガ兄さん、ルナマリアさん、ヒュンケル兄、そして……え、誰？　日焼けした角刈りのおじさんがいた。

ええと、とにかく言わないと。

「――結婚、おめでとうございます。リュドガ兄さん」

ようやく、この一言を伝えられた。俺は、どんな表情をしているだろうか。

「……あ、アシュト、なのか？」

「うん……久しぶり、リュドガ兄さん」

「……まさか、そんな」

リュドガ兄さんは立ち上がり、ふらりと俺の前に。

俺の両肩に手を添えると、俺の目を見つめる。俺もしっかりと目を見返した。

王国内ではファンクラブもあるという甘いマスクに、信念の籠《こも》った強い瞳。両肩に置かれた手はがっしりとしており、相当鍛え込んでいることがわかる。

「アシュト……アシュト！」

「兄さん……」

俺は、兄さんに抱きしめられた。

兄さんの胸は硬く、少し震えている……俺も兄さんの背に手を回し、その温もりを身体で感じた。

俺が小さな頃いたずらしても、怒りはしたが最終的には許してくれた。忙しかったけど、遊んでくれたこともあった。

目の前の人物は……俺の知るリュドガ兄さんのままだ。

「すまない、すまないアシュト……オレは、お前のことを」

「もういい、もういいよ。こうしてまた会えた……それと、俺も兄さんに心配かけて、本当にごめんなさい」

「オレもお前の話を聞かなかった。悪いのはオレだ」

「兄さん――」

ねじ込んできた。

「リュウ兄ぃぃっ!!」

「しぇ、シェリーっ!?」

なんと、待ちきれなかったのかシェリーが背後から飛び出し、俺とリュドガ兄さんの間に身体をねじ込んできた。

そのまま、猫のようにリュドガ兄さんの胸で甘えるシェリー。

「リュウ兄、リュウ兄……」

「シェリー、お前も無事だったのか……アシュトを追って出て、その後の足取りが不明だったから心配したぞ」

「えへへ……アシュト兄に助けられて、今は一緒に暮らしてるの」

「そうか……よかった」

「ん……」

リュドガ兄さんは、シェリーの頭を優しく撫でる。

こうして、俺たち三兄妹は再会した。そして、こちらも……

「お姉さまっ……」

「ミュディ!?」

「お姉さま、ごめんなさい……わたし、お姉さまを苦しめて」

ミュディも部屋に入り、ルナマリアさんに抱き着いた。姉妹の再会だ。

「お姉さま、わたしがリュドガさんの婚約者になったせいで、お姉さまを苦しめて……」

「違う。それはアトワイト家が決めたことだ。私よりお前の方が苦しんでいたじゃないか」

「お姉さま……」

「それに、お前がアシュトと一緒にいるということは、お前の幸せを見つけたということだろう？本当によかった」

「お姉さま……っぐす、けっこん、おめでとうございます」

「ああ、ありがとう……」

涙を流すミュディは、ルナマリアさんに優しく抱きしめられていた。

ヒュンケル兄は、いつの間にか部屋にいたエルミナの隣に移動し、家族と姉妹の再会を邪魔しないようにしている。

その時、筋肉質の日焼けした角刈りおじさんが俺たちの前に出た。

「……アシュト」

「……………？」

とてつもなくしわがれた声だ。首を傾げると、おじさんは頭を下げる。

「すまなかった……」

「え」

「お前にしたことを、ずっと謝りたかった。許してくれるとは思っていない。だが……わしは、わしは」

「え、あの……」

ちょっと待て、誰だこれ？　いきなり謝られても困る。というか、わけわからん。

「あの、どちら様でしょう？」

「え？」

「おいアシュト、言っただろ？」

「え？」

「『アイゼン様は変わった』ってな」

「……え？」

ヒュンケル兄は苦笑し、リュドガ兄さんも曖昧に微笑む。

シェリーと顔を合わせ、もう一度角刈り日焼けおじさんを見た。

「ま、まさか……ち、父上、なのですか？」

「……お前を除籍したわしを憎む気持ちはわかる。そう言われても仕方のないことだ……」

「いやいやいや!!　言葉通りの意味ですよ!?　なんで真っ黒に日焼け!?　なんで角刈り!?　体つきもめっちゃマッチョだし!?　別人じゃないですか!?」

思わず本気でツッコミを入れてしまった。

すると、リュドガ兄さんが「ぷっ」と噴《ふ》き出し、ヒュンケル兄もプルプル震え、ついに笑いだしてしまった。

「く、っくくくく、あはははははっ！」

「に、兄さん？」

「お、お父さんなの？　うそ、ムッキムキじゃん……」

「そ、そんなにわしは変わったように見えるか？」

「いやいや、変わりすぎだよ！　お父さん、なんで角刈りにしたの⁉」

「いや、長いと汗で蒸《む》れて痒《かゆ》いのだ……この方が楽でいいし」

「ぶっはははははははっ‼」

「おいヒュンケル、笑いすぎ、っぷふっくくくっ！」

「リュドガ、ヒュンケル、エストレイヤ家当主に対して失礼だぞ？　……っぷふふ」

「いや、でもよルナマリア　っくく……やばい笑える」

「ねーねー、私の紹介もしてよー」

「え、エルミナちゃん。あの、みなさん、こちらの子を紹介したいんですけど」

なんというか……一瞬にしてカオスな空間となった。

◇◇◇◇◇◇

ようやく落ち着いた俺たちは、ソファに座って今までのことを話した。

父上は驚きつつ俺を見ている。うーん、本当に別人だな。

「なんと……オーベルシュタイン領に村を？」

「はい。植物魔法と薬師としての力を駆使して、様々な種族たちと力を合わせて村を作りました。

僭越《せんえつ》ながら、俺……いえ、私が村長を務めさせてもらっています」

「では、こちらの女性が……」

「ハイエルフのエルミナです。そして、私の妻の一人でもあります」

「よろひくね。んぐんぐ、あ、ワインおかわり」

エルミナは果物を食べながらワインをぐびぐび飲んでいた。少しは気を遣えよ！

リュドガ兄さんとルナマリアさんはエルミナを見て驚いている。

「アシュトの妻とは……しかも、ハイエルフだと？」

「美しい髪色だ。確かに、神秘的な何かを感じる」

「ハイエルフだけじゃない。アシュトの村にはたくさんの種族が集まってるぜ」

ヒュンケル兄が言った。

今度はシェリーが口を開く。

「あの、お母さんは？」

「……む」

「あ、言わなくていい。なんとなくわかったから」

顔を伏せる父上を手で制し、俺もシェリーも頷く。

たぶん、貴族たちを集めてお茶会でもしてるんだろ。俺としても別に会いたいとは思わないし、
シェリーも同じ気持ちだと思う。

リュドガ兄さんはエルミナを見ていたが、いきなり立ち上がりミュディに頭を下げた。

「ミュディ、俺との婚約の件は君に迷惑をかけた。改めて謝罪する」

「い、いえ、大丈夫です！　それに、今はアシュトと婚約して幸せですし……」

「ありがとう……ん？　婚約と言えばアシュト、エルミナ嬢はお前の妻で、ミュディも妻ということか？」

「あ、うん。その……実は俺、妻が四人いるんだ」

「「「えっ」」」

リュドガ兄さん、ルナマリアさん、父上が驚く。そりゃそうだよな。俺でも驚いてるんだから。

「ミュディとエルミナと、ドラゴンロード王国のローレライとクララベルの四人。みんな愛しているし、将来は子供も欲しい」

「こ、子供っ」

「お兄ちゃんってば、大胆……」

ミュディとシェリーが赤くなる。

リュドガ兄さんは少し考えこみ……ヒュンケル兄を見た。

「ヒュンケル、どういうことだ？　そもそも、お前はどうやってアシュトを見つけたんだ？」

「……これだ」

ヒュンケル兄は、懐から手紙を取り出し、テーブルに載せた。

それはガーランド王からの手紙で、ローレライとクララベルがオーベルシュタイン領土で村を作ったアシュトと婚約したという報告が記載されていた。

手紙は二通ある。エストレイヤ家宛てと、ビッグバロッグ国王宛てだ。

リュドガ兄さんは、悲しげに言った。

「隠していたのか……」

「そうだ。もしこの件がお前に知れれば、お前の性格上、全てを捨ててでもオーベルシュタイン領土に向かうと確信した。そうなればルナマリアとの婚約も流れる可能性があったし、隠居したアイゼン様も同行する可能性もあった。そんなことになればエストレイヤ家は……」

「……ヒュンケル、お前」

「国王には、正式に謝罪して罰を受けた」

俺たち全員がヒュンケル兄に注目する。

ヒュンケル兄は、跪いて謝罪した。

「この件は全て私の一存で行ったことです。リュドガ将軍、誠に申し訳ございませんでした」

「……お前という奴は」

「ヒュンケル、お前はそこまで……」

リュドガ兄さんとルナマリアさんは、悲しげに、でもどこか嬉しそうにヒュンケル兄を見ている。

「ヒュンケル、罰とはなんだ？」

「千日の無償勤務と休日返上です。それと、厚かましいことでありますが、国王に嘆願し、一つの願いを叶えていただきました」

「願い？」

「はい」

ヒュンケル兄は顔を上げ、いつもと変わらない笑顔で言った。

「リュドガ将軍と副官ルナマリアには、明日より五十日間の休暇が与えられます。その間の職務は全て私が請け負《お》うという『罰』であり、同時に私の『願い』でもあります」

「「なっ」」

ヒュンケル兄の罰は、千日の無償勤務と休日返上。そして、リュドガ兄さんとルナマリアさんの五十日休暇を取る代わりに、二人の仕事全てを肩代わりする。

俺でもわかる。恐ろしい激務だ。

ヒュンケル兄はようやく立ち上がる。

「というわけで……リュドガ、ルナマリア、新婚旅行としてアシュトの村で羽を伸ばしてこい。その間の仕事は全てオレがやっておく」

「バカな!!」

「そ、そうだぞヒュンケル!! お前……」

「いいんだよ。オレからの新婚祝い、受け取ってくれ」

「お前……」

完全に置いてきぼりの俺たち。というか、俺の村で羽を伸ばす？ 初耳なんだけど。

ヒュンケル兄が俺にウィンクした。ああそうか、これはヒュンケル兄のサプライズプレゼントだ。

リュドガ兄さんたちだけでなく、俺への。

すると、今まで黙っていた父上が言う。

「ヒュンケルよ、その仕事……わしも手伝おう」

「え……？」

「元の原因はわしにある。お前だけに背負わせるわけにはいかん」

「で、ですが」

「構わん。リュドガとルナマリア、二人の家族のために手伝わせてくれ……頼む」

「アイゼン様……」

父上が、ヒュンケル兄に頭を下げた……嘘だろ、ホントに父上なのか、この人は。

ヒュンケル兄はリュドガ兄さんとルナマリアさんを見る。

「さ、これでも断るかい、お二人さん」

「……お前には負けたよ」

「ヒュンケル、ありがとう……」

リュドガ兄さんとルナマリアさんとヒュンケル兄は、幼馴染だ。

きっとそこには、俺たちにはわからない絆がある。

「さぁ、まだまだ話したいことは山ほどあるぞアシュト、今夜は楽しもうか！」

「うん、そうだね兄さん。それと……父上も」

「ああ、そうだな……」

再会、そして家族の時間……きっと俺は今日の夜を忘れないだろう。

第十四章　エストレイヤ家の宴

夜通しみんなと話をした。

不思議とまったく眠くない。持参しておいたカーフィーのおかげかもしれない。リュドガ兄さんと父上は渋い顔をしていたけど、飲むにつれて「美味しい」と言うようになった。ちなみにルナマリアさんは砂糖とミルクをたっぷり入れて飲んでいる。こういうところはミュディそっくりだ。

カーテンの隙間から日差しが入り、もう朝だと気が付く。

「もう朝か……どれ、畑の手入れに行かなければ」

「父上、俺にも手伝わせてください」

「ああ、もちろん。それとアシュト、畑に関していくつか聞きたいことがある」

「はい！」

俺と父上は一緒にエストレイヤ家の農園に向かい、育てている薬草や野菜の手入れをする。

父上はタンクトップに作業ズボン、ブーツという服装だけど……日焼けした肌に盛り上がった筋肉、刈り上げた頭はやっぱり別人にしか見えない。

「父上、空いている植木鉢をいくつか貸していただけますか？」

「む、構わんが」

「ありがとうございます」

俺は魔法を使い、三つの植木鉢にそれぞれ『鈴鳴りの花《リンリン・ベル》』の樹を生やした。

父上だけじゃなく、兄さんやルナマリアさんにも渡そう。

『鈴鳴りの花《リンリン・ベル》』があれば、いつでも会話できる。ミュディも喜ぶし、シェリーも兄さんとお話できる。それに、ヒュンケル兄もリュドガ兄さんと連絡できるはずだ。

「……なんだこれは？」

「これがあれば、いつでも会話できます。使い方は――」

植木鉢を興味深げに眺める父上と、もっと話をしてみたいと思った。

◇◇◇◇◇◇

ヒュンケルは大きく背伸びして立ち上がった。

ソファにはミュディとシェリーが寄り添うように眠り、エルミナが横になってぐーすか寝ている。

リュドガとルナマリアだけが起きていた。

「さーて、オレは仕事に行くか。フレイヤとフライヤが待ってる」

「ヒュンケル、本当にいいのか？」

「ああ。これはオレの罰だからな。くれぐれも手伝おうなんて思うなよ。もし少しでも手伝いでもしたら叩き出すからな。お前たちはさっさと出発の準備でもしとけ」

「準備？」

「だーから、アシュトの村に行く準備だよ。オレも行ったがあそこはいいところだ、新婚旅行にはピッタリだぜ」

「ヒュンケル……」

「じゃあな、しばらく城に籠るからよ。っと……土産、期待してるぜ」

「ああ」

ヒュンケルは部屋から出ていった。

リュドガとルナマリアは苦笑し、親友であり幼馴染がくれた休日を満喫するため、さっそく行動を開始する。

「ミュディ、起きてくれ」

「ん……おねえさま？」

「シェリー、起きてくれ」

「ん～……眠いよリュウ兄ぃ」

「さっそくだけど、お前たちの村に行きたいんだ。近日中に出発することはできるだろうか？」

「ん……龍騎士さんたちは厩舎にいるし、声をかければいつでも来るって言ってた」

あとは、アシュトに確認しなければ。

アシュトたちは王国に来てまだ数日だろう。見たいところや行きたい場所があるかもしれない。

昨夜は思い出話ばかりだったが、これからは先の話をしよう。

◇◇◇◇◇◇

父上と一緒に、リュドガ兄さんたちのもとへ戻る。兄さんたちはヒュンケル兄の計らいで今日から休暇だ。

女性陣は着替えに向かい、部屋には現在俺と兄さん、父上の三人だけ。

「アシュト、お前の村に行きたい」

「うん。もちろん、二人を案内するよ」

「そうか。出発はいつにする？　その……お前たちは里帰り中で」

「いやいや、ビッグバロッグ王国は懐かしいけど、本来の目的は兄さんとルナマリア……義姉《ねえ》さん、を祝うためだから。目的は果たしたよ」

「そうか。父上は……」

「わしのことは気にするな。これから国王とお会いして、ヒュンケルの仕事を手伝いたいと言ってくる。ふふふ、新兵の指導くらいならまだできるぞ？」

父上は一線から離れたらしいけど、筋肉量は現役の将軍時代より増えてるんだよなぁ……新兵が不憫《ふびん》ですわ。

父上はなぜか嬉しそうに部屋を出ていった。

「えっと、龍騎士の宿舎にいるゴーヴァンに連絡しよう。兄さん、出発はいつにする？」

「そうだな……明日でどうだ？」

「そ、そんなに早くて準備は大丈夫？」

「ああ。今日中にルナマリアと用意する」

というわけで、明日、兄さんたちと一緒に緑龍の村に帰ることになった。

展開が早い。そういえば兄さん、やると決めた時の行動力がとんでもない人だった。

さて、あっという間に翌日。俺たちは龍騎士の厩舎にやってきた。

俺、ミュディ、シェリー、エルミナ、リュドガ兄さん、ルナマリア義姉さんというメンツだ。

ゴーヴァンたち龍騎士部隊は、俺を見るなり敬礼する。そして、リュドガ兄さんを見て頭を下げた。

「お久しぶりです。リュドガ殿」

「ゴーヴァン殿！　お久しぶりです！」

「あれ、知り合い……に決まってるか」

ドラゴンロード王国の騎士団長だし、ビッグバロッグ王国将軍の兄さんとは面識くらいあるよな。

「アシュト様、出発の準備は整っております」

「うん。兄さんたちも一緒だけど大丈夫？」

「はっ、ヒュンケル殿から伺っております」

「そっか……」

本当なら、ヒュンケル兄も一緒に連れていきたかった。でも、ワガママは言わない。兄さんたちと村で過ごせるだけで嬉しい。

「ふぁ～……アシュト、一緒に乗っていい？」

「ん、なんだよエルミナ」

「うぅ～……これ、気持ち悪くなるのよ。アシュトが隣なら安心できるし、お願い」

「ん～……いいぞ。じゃあ、エルミナが乗っていたドラゴンには、リュドガ兄さんとルナマリア義姉さんに乗ってもらうか」

俺たちはさっそく、ドラゴンに乗って飛び立った。

俺はゴーヴァンに少しだけワガママを言い、飛行ルートを変えてもらう。

リュドガ兄さんも賛成してくれた。

「じゃ、出発」

「えへへ、アシュト～」

「って、エルミナ、あんまりくっつくなよ」

「いいじゃん、夫婦なんだし」

狭いイスの上で、エルミナは俺の隣に密着する……柔らかい。

ドラゴンは、緑龍の村に向かって羽ばたいた。

ビッグバロッグ王国、また来よう！

◇◇◇◇◇◇

ヒュンケルは、執務室で膨大な量の書類整理をしていた。

「フレイヤ、こっちとあっちの報告書をまとめてくれ」

「はい、ヒュンケル様」

「フライヤは……お茶でも淹れてくれ」

「は〜い」

相変わらず、フレイヤの仕事は速い。

書類はフレイヤと分担し、部下の指導はアイゼンが行っている。エストレイヤ家当主直々の訓練だ。恐ろしいだろうが、新兵にとっては貴重な経験にもなる。

それでも、ヒュンケルは激務だった。

手紙を隠匿した罪により無給奉仕と休日返上という罰を与えられたが、後悔はしていない。むしろこの程度で済んでよかったと感じていた。最悪、一般兵への降格まで考えていた。

書類をある程度まとめ、立ち上がる。

「ちょっとアイゼン様のところに行ってくる。少し任せるぞ」

「わかりました、いってらっしゃいませ」

「いってらっしゃい、ヒュンケルさま〜」

ピッチリしたフレイヤとのほほんとしたフライヤに見送られ、執務室を出た。

「ふぅ……」

廊下を歩きながら、何気なく外をみると──

「……お？」

龍騎士の編隊が、ビッグバロッグ王城の周りを旋回していた。

間違いなく、アシュトたちを乗せた龍騎士だ。

「ったく、なんだあいつら……」

まるで、『いってきます』と言わんばかりの飛行に、ヒュンケルは苦笑する。

そして──ドラゴンは飛び去った。

「新婚旅行、楽しんでこい」

ヒュンケルは、軽い足取りでアイゼンのもとへ向かった。

第十五章　新婚旅行は緑龍の村で

ビッグバロッグ王国を出発して数日。

リュドガ兄さんとルナマリア義姉さんの休暇は五十日しかない。そのため、ゴーヴァンたち龍騎士は全速力で緑龍の村へ飛んでくれた。

おかげで、たった二日で村に戻ることができた。

ドラゴンたちは村の入口にゆっくりと着地し、見慣れた光景に俺は頬を緩める。

すると、門番のフンババが挨拶してきた。

『アシュト、オカエリ』

「ただいまフンババ。留守中、変わったことは？」

『ナイ。オラ、ムラノモンバン、チャントヤッタ』

「そっか。ありがとな」

『ウン、アシュト』

「な、な……」

振り向くと、リュドガ兄さんたちが仰天《ぎょうてん》していた……あ、そっか、フンババを見て驚いているのか。

「あ、アシュト、これは一体……」

「ええと、この子はフンババ。俺の魔法で生み出した村の門番なんだ。ほら、ご挨拶」

『オラ、フンババ、ヨロシク』

フンババは二人にぺこっと頭を下げ、再び村の入口で座り込んだ。あそこが定位置なんだよな。

今度は小さなハイピクシーたちが群れで飛んできた。

『あ、アシュト！』

『帰ってきたー』

「フィルにベル、それとみんな、ただいま」

ハイピクシーたちは俺たちの周りを飛んで「おかえり」と言ってくれる。

ミュディやシェリー、エルミナは慣れたものだが、リュドガ兄さんとルナマリア義姉さんは困惑していた。

「ミュディ、ピクシー族なのか？　神聖な山の奥深くにしか棲息《せいそく》していないと聞いたが……」

「違うよお姉さま、この子たちはハイピクシー、お花の妖精なの。ねー」

『ねー』

妖精の一人を手に座らせ「ねー」というミュディ。何人もの妖精がミュディの頭や肩に座っていた。そして、ルナマリア義姉さんの肩にも数人、顔の前で一人がフワフワ浮かぶ。

『お姉さん、村は初めてかしら？　ふふ、よろしくね』

「あ、ああ……もしかして私は、とんでもない場所に来たのかもしれん」

『おにーさんイケメンね！　それに、ちょっとアシュトに似てるかも』

「はは、オレはアシュトの兄だからね。よろしく」

リュドガ兄さんは妖精たちに早くも懐かれていた。

その時、ゴーヴァンたち龍騎士が俺に跪く。

「アシュト様。私たちはここで失礼します。荷物の方は運んでおきますので」

「ありがとう。それと、ドラゴンたちもだいぶ無理して飛んだみたいだし、今日はご馳走を食べさせてやってくれ。もちろん、ここまで運んでくれた龍騎士たちにも、あとでお礼をするから」

「そんな、滅相もない……ありがとうございます」

ゴーヴァンたちは、俺たちの荷物を運んでいってくれた。

さて、いつまでも入口にいるわけにもいかない。

「兄さん、ルナマリア義姉さん、俺たちの家に案内するよ」

「ああ、よろしく頼む」

「じゃあこっち！　行くわよ！」

「なんでエルミナが張り切ってるのよ……」

シェリーがツッコむがエルミナは気にせず歩きだす。さっきまでドラゴンの背で震えてたのに、今は元気いっぱいだ。

新居に向かって歩くが、予想通りなかなか辿《たど》り着かない。

「おう村長、帰ってきたか！」

「あ、おかえり村長、エルミナも」

「お疲れっす、叔父貴《オジキ》！」

「おかえりなんだな、村長」

エルダードワーフ、ハイエルフ、サラマンダー、ブラックモール……いろんな種族の人たちが挨拶してくるからだ。彼らを見る度に、リュドガ兄さんたちは驚いた。

そして、ようやく新居に到着すると、ふわふわ尻尾をブンブン振りながら、ライラちゃんがボール遊びをしていた。

「わぅ？　あ!!　おにいちゃんお帰りー!!」

「おっと、ただいまライラちゃん。よしよし」

「わぅぅん……」

頭を撫でると、尻尾が可愛らしく揺れ、ふわふわのイヌミミもピコピコ動く。

だが、リュドガ兄さんとルナマリア義姉さんに気が付くと、俺の後ろに隠れてしまった。

「わふ……」

「この人は俺のお兄ちゃん。それと、俺のお兄ちゃんの奥さんだよ」

「お兄ちゃんのお兄ちゃん？」

ライラちゃんは、リュドガ兄さんの周りをぐるぐる回る。

「くんくん、くんくん……ほんとだ、お兄ちゃんとおなじ匂いする！」

「ははは、オレはリュドガだ。よろしくね」

「くぅぅん……」

「か、可愛いな……リュドガ、私にも」

兄さんがライラちゃんを撫で、続いてルナマリア義姉さんもなでなでしている。

俺は周りを見ながらライラちゃんに聞いた。

「ライラちゃん、ミュアちゃんは？」

「わう？　ミュアならあそこー」

「ん……？　あ、いた」

ミュアちゃんは、屋根の上で丸くなって昼寝をしていた。丸まった姿は猫みたいでとても可愛い。

ライラちゃんが叫んだ。

「ミュアーっ!!　お兄ちゃんが帰ってきたーっ!!」

「にゃうっ!?　あ!!　ご主人さまっ!!　とうっ!!」

「え、ミュアちゃんっ!?」

なんと、ミュアちゃんは屋根から飛び降りて華麗に着地。俺に抱き着いて顔を埋《うず》めた。ネコミミと尻尾が可愛らしく動いている。

「にゃぁうぅぅ……ご主人さまぁ」

「ミュアちゃん、ただいま」

「ごろごろ……」

喉を撫でるとゴロゴロ鳴く。

「こ、今度はネコ少女か……かわいい」

「お姉さま、可愛いの大好きだもんね」

なんかルナマリア義姉さんとミュディが共感し合ってる。でも可愛いのは同意。

俺から離れても、ミュアちゃんは身体を擦りつけてきた。うん、やっぱり可愛い。

「わふ、わたしもー」

「にゃあ。ご主人さまー」

「はいはい。家に入ろうね、みんなでお茶にしようか」

家に入ると、シルメリアさんが玄関まで迎えてくれた。

「お帰りなさいませご主人様、皆様」

「ただいま、シルメリアさん。さっそくで悪いけど……」

「お客様のお部屋は準備が整っています。先ほど、龍騎士の方が荷物を入れてくれましたので」

「そっか。じゃあ」

「お茶の支度ができております。応接間にご案内いたします」

「は、はい……」

相変わらず完璧だ。リュドガ兄さんもルナマリア義姉さんも驚いている。ただ、ルナマリア義姉さんはシルメリアさんのネコミミと尻尾を凝視していた。

応接間に移動すると、シルメリアさんがティーカートを押して入ってきた。ちなみにミュアちゃんとライラちゃんはシルメリアさんのお手伝いをしている。

しばらくお茶を楽しみ、俺は口を開く。

「さて、一息入れたところで……リュドガ兄さん、ルナマリア義姉さん、緑龍の村にようこそ。歓迎するよ」

「ああ。アシュトの作った村か……まだまだ珍しいものがありそうだな」

「うん。今日はゆっくり休んで、明日になったら案内するよ。図書館とか浴場とか、面白い場所がいっぱいあるよ！」

「ヒュンケルから聞いたが、そんなにすごいのか？」

「ふふ、見てのお楽しみかな。それと、長旅で疲れただろうし、リュドガ兄さん、あとで一緒に風呂に入ろう」

「あ、ああ……」

「お姉さま、ここのお風呂はすごいんですよ！」

ミュディが嬉しそうに言った。

「そうなのか？」

「ま、見てのお楽しみですね」

「お風呂上がりのエールもあるわよ！」

エルミナはどこまでも酒のことばかりだった。

こうして、リュドガ兄さんとルナマリア義姉さんが緑龍の村に来た。

応接間で茶を飲んでいると、ローレライとクララベルが帰ってきた。マンドレイクとアルラウネも一緒だ。

「アシュト、おかえりなさい」

「ただいま、ローレライ。クララベルも」

「お兄ちゃん！」

「まんどれーいく」

「あるらうねー」

「っと、おいおい、危ないぞ」

マンドレイクとアルラウネ、クララベルが俺に飛び乗ってきた。さすがに三人は危ない。壁際で待機しているミュアちゃんとライラちゃんが羨ましそうにしているのが横目で見えた。

リュドガ兄さんとルナマリア義姉さんがソファから立ち上がり、頭を下げる。

「ローレライ様、クララベル様、お久しぶりです」

ローレライも優雅に会釈《えしゃく》する。

「リュドガ様、お久しぶりです。ですが私は、ここではただのローレライ。ドラゴンロード王国の姫ではなく、アシュトの妻ローレライとしての対応をお願いします。ね、お義兄《にい》さん」

「お、おにいさん……は、はいっ、かしこま……わかりました」

「あ、わたしもわたしも！」

「クララベルさ……わ、わかった、クララベル」

リュドガ兄さんとルナマリア義姉さん、まだちょいと硬いかも。

さて、俺の太ももに座る二人の幼女も紹介しなくては。

「兄さん、この子たちはマンドレイクとアルラウネ。俺が育てた薬草……としか言いようがない」

「薬草？　育てた？　アシュト、何を言っている？」

「まぁそういう反応だよね……」

「まんどれーいく」

「あるらうねー」

さて、これで家族が全員揃った。

◇◇◇◇◇◇

シルメリアさんは、マルチェラとシャーロットを呼んで夕飯の支度を始める。

今日は兄さんたちの歓迎会ということで、豪勢にしてもらうことにした。

本当は宴会も考えたけど、新年会をやったばかりだし、備蓄していた酒も結構消費してしまった。

新しく仕込んだワインに『成長促進《グロウアップ》』の魔法をかけてもいいが、それでも足りない気がする。

村の案内は、夕方も近いので明日にすることに。

今日は夕飯を食べて、風呂に入って寝る。

夕飯ができるまで応接間で話をしていると、シルメリアさんが呼びに来た。

「皆様、お食事の準備が整いました」

「ありがとうございます。シルメリアさんの料理、久しぶりだから嬉しいです」

「そう言っていただけて光栄です、ご主人様」

ミュアちゃんたちは、使用人の家に帰った。ダイニングで食べるのは俺たち夫婦とリュドガ兄さんとルナマリア義姉さんだ。

ダイニングに移動すると、いい加減驚き疲れたとは思うのだが、リュドガ兄さんとルナマリア義姉さんがまたまた驚く。

「これは立派な部屋だな……テーブル、椅子、装飾品……食器も、何もかも美しい」

「ああ。アトワイト家にもエストレイヤ家にも、これほどのものはないだろう」

「まぁ、エルダードワーフの作品だからね。あの人たち一切妥協しないし……」

というか、この村には至高の職人エルダードワーフの作る製品しかないため、高級品以外が存在しない。そこにシルメリアさんの料理だよ。最高すぎるな。

席に着くと、前菜から運ばれてきた。

「おお……」

「す、素晴らしい……」

どんどん運ばれてくるシルメリアさんの料理に舌鼓《したつづみ》を打つ。リュドガ兄さんとルナマリア義姉さんの驚きはやむことはなかった。

さて、食事が終われば風呂の時間だ。俺たちは兄さんたちを村民浴場へ連れていく。

「な、なんだこれは？」

「お風呂だよ、お姉さま！」

「風呂？　この巨大な建物が……」

「まぁまぁ、行けばわかりますよ」

ミュディに背を押され、女性陣は女湯へ。俺とリュドガ兄さんは『村長湯』の前に立っていた。

「風呂……オレの常識ではこんな大きな風呂は知らないな」

「俺もそう思う。でも風呂好きのエルダードワーフが建てたから、彼らにはこれが常識なのかも」

「そ、そうか？」

「うん。ってか兄さん、今日は驚いてばっかりだね」

「仕方ないだろう……」

二人でノレンを潜って脱衣所へ。久しぶりの風呂に俺も気分が高揚している。

服を脱ぎ、手拭いを持って浴場へ向かう。

「おお……すごい」

「村自慢の浴場だよ」

洗い場で、俺はがっしりと鍛えられた兄さんの背中を洗った。

身長も高いし、筋肉もあるし、俺とはまったく違うよな……

「アシュト、オレも洗ってやろう」

「え、いや」

「遠慮するな。ほら、背中を向けろ」

兄さんは強引に俺の背中をごしごし洗い、なぜか頭まで洗い始めた。

「大きくなったなぁ……」

「いや、そんな、変わってないって」

「ほら動くな、ははは」

兄さんの力は強く、とても抵抗できなかった。

それから湯船に浸かると、一日の疲れが溶けていくように感じた。

「はぁぁ～……キモチいい」

「ああ……これはいい」

薬草湯の効能のおかげで血行がよくなり、身体中がポカポカしていく。

この薬草湯の開発は、フレキくんに任せた仕事だ。最近は独自の薬草湯を開発しているらしいし、完成したら試す許可を出そう。

「アシュト……」

「ん～……」

「ここは、いい村だな……」

「うん……最高の村だよ」

「ああ……これから世話になる」

「うん。あのさ、来たい時はいつでも来てよ。今度は父上と……母上も連れて」

「父上はここに住むと言いかねんな。母上は……来るかどうかすらわからんぞ？」

「そうかも。それと、明日は村の施設を案内するよ、行きたいところはある？」

「そうだな、ヒュンケルに聞いた図書館に行ってみたい」

「わかった、ルナマリア義姉さんは？」

「あいつはミュディたちが案内するだろう。久しぶりに、兄弟水入らずというわけだ」

「お、いいね。明日が楽しみだ」

兄さんとの会話はいつまでも続いた。

話しすぎて、二人ともものぼせてしまったのは仕方ないことだよね？

さて、ルナマリア義姉さんたちはエンジェル族のマッサージを堪能し、お肌すべすべで家に戻ってきた。ミュディたちも久しぶりのマッサージで癒されたようだ。

あとは就寝の時間である。

リュドガ兄さんとルナマリア義姉さんは同室で、部屋には『鈴鳴りの花《リンリン・ベル》』を置いてある。使い方は説明したので、今頃ヒュンケル兄に連絡してるだろう。

俺も自室のベッドに横になり、明日のことを考えた。

「リュドガ兄さんとルナマリア義姉さんが、村に滞在する……」

少し前までは考えられなかったことだ。

家族と和解し、こうして同じ屋根の下で兄さんたちと夜を過ごす……こんなに嬉しいことはない。

「明日は、もっと兄さんを驚かせるぞ……」

そう思い、俺は目を閉じる。

明日もきっと、兄さんの驚く顔が見られると思いながら。

第十六章　戻ってきた日常

久しぶりに自分のベッドで目を覚ます。

フカフカで太陽の光をたっぷり浴びた布団は気持ちいい。ビッグバロッグ王国にあった布団とは段違いだ。キングシープの羊毛すごい……あれ？

「…………ん？」

布団をめくると、ネコミミとイヌミミが見えた。それだけじゃない、足元にも何かがいる。

「にゃう……くぁぁ」

「くぅんん～……わふぅ」

「ミュアちゃんとライラちゃん……それに、マンドレイクとアルラウネも」

俺のベッドに、四人の幼女たちがいた。いつの間に潜《もぐ》り込んでいたんだろうか。

「ほら、みんな朝だよ、ごはんだぞ」

「にゃあ……ん～、ご主人さま、おはよ～」

「わぅぅぅぅ～……おはよ、お兄ちゃん」

「おはよう。ほら二人とも、早く着替えないとシルメリアさんに怒られるよ！」

「にゃうっ！」

「わふっ！」

二人は慌てて起き上がり、俺の部屋から出ていった。

さて、残りはこっちの二人。どっちも眠そうだが、目を開けている。

「まんどれーいく……」

「あるらうねー……」

「おはよう。さて、久しぶりに農園に行こうか。シロにも挨拶したいしな」

起きて着替えると、マンドレイクとアルラウネもベッドから降りた。それぞれの頭を撫でると、二人は頭の葉っぱをブチッと引きちぎって手渡してきた。どうやら留守中の分を今くれるらしい。

「ありがとう。じゃあ、農園に行くか」

「まんどれーいく」

「あるらうねー」

この朝の感じ、久しぶりで気持ちいいね。

◇◇◇◇◇◇

「師匠！　おはようございますっ！　そしておかえりなさいっ！」

「うおぉっ!?」

玄関から外に出ると、フレキくんのデカい声が響き渡った。マジで驚いてずっこけそうになった。

俺をこんなに驚かせるなんて、シエラ様みたいだ。

「た、ただいまフレキくん。それとおはよう……」

「はいっ！　師匠が不在の間、農園と温室の手入れはバッチリです！」

「まんどれーいく」

「あるらうねー」

「はい！　お二人のおかげです！」

「ふ、フレキくん。もうちょっと声を小さく……」

朝から元気なフレキくんだけど、寝起きでその大声は頭に響く……

その時、庭の一角にある囲いからウッドが飛び出してきた。

『アシュト、アシュト！』

「ウッド！　ただいま！」

『オカエリ！　アシュト、アシュト、ヒサシブリ！』

「ああ、久しぶり。元気だったか？」

昨日は寝ていたから声をかけなかったが、今日は元気にぴょんぴょん跳ね回っている。

リュドガ兄さんとルナマリア義姉さんにもあとで紹介しよう。最初の住人で友達のウッドのことをね。

みんなで温室へ向かうと、ユグドラシルの真下にある小屋から白い子狼が飛び出してきた。

『きゃんきゃんっ！　きゃんきゃんっ！』

「シロ！　久しぶりだなこいつっ」

『きゅぅぅぅん……』

シロは真っ白な尻尾をブンブン振りながら、俺に飛び掛かる。抱き留めてワシワシ撫でてやると、俺の顔をペロペロ舐めた。こいつめこいつめ。

フレキくんに持たせたエサ入れをシロにあげると、美味しそうにがっつく。その間に温室と農園の手入れを済ませた。

「うん、さすがフレキくんだ。ちゃんと手入れされてる」

「えへへ……マンドレイクさんとアルラウネさんのおかげです。あとウッドさんが水撒《ま》きをしてくれたんですよ？」

「ウッドの水撒きか。よーし、久しぶりに見せてくれ」

『ワカッタ！』

俺とフレキくんが温室から出ると、ウッドは手から根を出して水瓶に突っ込み、もう片手の根を温室の天井に張り巡らせ、そこからシャワーのように水を出した。

マンドレイクとアルラウネも一緒にシャワーを浴び、気持ちよさそうにはしゃいでいる。

「はは、やっぱりウッドはすごいぞ！」

『マカセロ、マカセロ！』

「あっはは、マンドレイクさんたちがびしょ濡れです！」

朝の温室手入れは、とても楽しくやることができた。

◇◇◇◇◇◇

朝食を終えると、みんなは久しぶりの仕事に向かった。

ルナマリア義姉さんはミュディと一緒に製糸工場へ行った。空いた時間に村を案内するらしい。

俺は現在、リュドガ兄さんと村を歩いている。

「いい村だな……のどかだが活気もあり、王国にはない技術で溢《あふ》れている」

「だよね。そうだ兄さん、図書館に行くんだっけ？」

「ああ。空いた時間は読書をして過ごしたい」

「じゃあ行こうか、あそこに」

俺はそう言って、村にそびえる大図書館を指差した。

「図書館……あの塔か。あんな大きさの建物、ビッグバロッグ王国の建築技術でも造れるかどうか」

「ははは。中を見るともっと驚くよ」

リュドガ兄さんと図書館へ向かって歩き出す。

すると、前から数人の女の子たちがやってきた……ハイエルフ娘たちだ。

「お、村長じゃん！　おかえり！」

「……おかえり」

「久しぶりだね、元気してた？」

「おかえりです、村長！」

「メージュ、ルネア、シレーヌ、エレイン。久しぶりだな」

エルミナの友達で、農園で働いてるハイエルフ娘だ。

「お、そっちが噂になってる、村長のお兄さんだね！」

「……いけめん」

「背も高いし、がっしりした身体、こりゃモテるわ……」

「はわわっ、素敵ですぅ～」

「こんにちは。メージュさん、ルネアさん、シレーヌさん、エレインさん。オレはリュドガ、アシュトが世話になっています。」

「おおっ、あたしらの名前を一発で……やるね、イケメンさん」

兄さんの特技に、『出会った人の顔と名前は絶対に忘れない』ってのがある。たぶんもうハイエルフ娘の名前は忘れないだろう。

「っと、そうだ……なぁみんな、頼みがあるんだ」

「頼み？」

「……なに？」

「面白いこと？」

「村長の頼み……はわわっ」

うーん……ちょっと不安だけど仕方ない。

俺は近くにエルミナや他の奥さんがいないことを確認して、近くの木の影にハイエルフ娘たちと兄さんを誘導した。そしてポケットから布包みを取り出し、少しだけ開く。

「わぁ～……なにこれ」

「これ、ブラックモール族からもらった『アレキサンドライト』っていう鉱石なんだ。その、これで奥さんたちに指輪を作りたいんだけど、みんなの指のサイズがわからなくてさ」

するとと、ルネアがピーンとひらめいた。

「みんなの指のサイズを調べろって？」

「ああ。これを預けるから、サイズがわかったらこっそりラードバンさんに指輪を依頼してくれ。サプライズにしたいから、なるべく俺は関わらないでおきたい」

「はわわ～……素敵ですぅ」

「もちろん、他言無用だぞ」

「……わかった、あたしたちに任せてよ！」

メージュはアレキサンドライト鉱石を受け取ると、丁寧に胸ポケットにしまった。

すると、シレーヌが俺を肘《ひじ》で小突く。

「んふふ、村長も粋《いき》なことするじゃん」

「い、いいだろ別に……」

「あ、そうそう。村長が不在の時に教会が完成したみたいだよ。あとでアウグストのところに行ってみたら？」

「ほんとか!?　わ、わかった」

「ふふ、結婚式も近いかなぁ～？　奥さんたちには、ドレスの準備を早めるように言っておくね」

「あ、ああ」

四人はキャーキャー言いながら去っていった。

「アシュト、お前……すごいじゃないか」

「そ、そうかな？」

「ああ。サプライズで指輪とは……オレでは思いつかない」

兄さん、こういうの俺以上に苦手そうだしな……

「ところで、兄さんの指輪は？」

「ああ、お揃いでビッグバロッグ王国一の彫金師に依頼した。肌身離さず付けているよ」

「そっか……あ‼」

「ん、どうした？」

今思い出した……兄さんに、結婚祝いをあげてなかった‼

◇◇◇◇◇

兄さんと一緒に図書館へ……まず、その大きさに驚いていた。

「近くで見ると、改めてすごい大きさだ……‼」

「ビッグバロッグ王国の図書館よりも大きくて、百万冊の蔵書が入るように設計したんだ」

「百万……なんだか、子供のいたずらみたいな数字だな」

兄さんと一緒に中に入ると、待ち構えていたように悪魔司書四姉妹がズラッと並ぶ。こいつらに会うのも久しぶりだ。

「お久しぶりです」

「噂のお兄様とご一緒に来られるとは」

「歓迎いたします」

「さ、本日は」

「「「「どのような本をお探しでしょうか？」」」」

「相変わらずだなお前ら……」

分裂したかのようにそっくりな四姉妹だ。この図書館の司書で、数十万冊ある蔵書のタイトルから、それらの本がある場所まで全て網羅《もうら》している。

兄さんは、悪魔司書四姉妹に頭を下げる。

「初めまして、オレはアシュトの兄リュドガ。よろしく」

「アグラッドです」

「マハラトです」

「エイシェトです」

「ゼヌニムです」

「「「「よろしくお願いします、リュドガ様」」」」

「ああ、よろしく」

「………」

兄さんはまったく動じていない。にこやかな笑顔だよ。

とりあえず一階の読書スペースに座り、俺はラウンジからカーフィーを持ってきた。

「兄さんはどんなジャンルの本を読むの？」

「そうだな、基本的になんでも読むが、お気に入りは冒険譚《たん》だな。未知の世界を探検する物語なんて、ワクワクするじゃないか」

「あ、わかる。俺も結構読んでるよ。と……」

「アシュト、義兄さん、こんにちは」

「ローレライ」

司書のローブを着たローレライが俺たちのところへ来た。にこやかな笑顔で、手には数冊の本を持っている。

「義兄さん、今日の予定は読書かしら？」

「あ、いや……今日はアシュトに村を案内してもらおうと思ってね。最初に立ち寄ったのがここだったんだ」

「そう。お休みが長いのなら、ぜひ一緒に読書をしたいわ。もちろん、義姉さんも一緒に」

「そ、そうだね……あはは」

兄さんのローレライへの態度はまだぎこちない。

「兄さん、まだ慣れないの？」

「ま、まぁな。ドラゴンロード王国の姫君にして『月光龍《ムーンライト・ドラゴン》』と呼ばれた王族の方に『義兄さん』と呼ばれるのは……」

「もう、私は構わないのに。それに、お兄さんって憧れだったのよ？」

ローレライのところは姉妹だし、長女だからな。年上に甘えるなんてできなかっただろう。

俺はカーフィーを一口飲み、ローレライに聞く。

「ローレライ、今日はずっと仕事なのか？」

「ええ。書庫の整理をしないと。ふふ、仕事がいっぱいで楽しいわ」

「仕事が楽しいってのもすごいな……」

「あら、本に囲まれた仕事に苦痛なんてないわ」

ローレライは読書好きだ。司書はまさに天職だろう。

兄さんはカーフィーを飲み干し、俺に言う。

「さてアシュト、さっそく本を探そうか」

「うん、俺も久しぶりだし、少し読書しよう」

「では」

「私たちが」

「ご案内します」

「冒険譚でしたら」

「「「「こちらにございます」」」」

「お前らも神出鬼没だな……」

いつの間にか背後にいた四姉妹に、リュドガ兄さんは笑顔で言う。

「ありがとう。さっそく案内してくれるかな、アグラッドさん、マハラトさん、エイシェトさん、ゼヌニムさん」

「え……」

兄さんは、四姉妹の顔を一人ずつ見ながらそれぞれの名前を正しく呼んだ。これには四姉妹も驚いていた。

「に、兄さん、四人を見分けられるの？」

「ん？　そんなの当然だろう？　顔も声も全て違うじゃないか、間違えることなんてありえない」

「……そ、そうなんだ」

「「「「おぉぉ……初見で我らを見分けるとは、なかなかやりますね」」」」

「そうなのかい？」

兄さんの特技、この四人ですら見分けるとは……さすがだよ。

◇◇◇◇◇

一時間ほど読書し、図書館を出た。

次に向かったのは解体場。ここではデーモンオーガが仕留めた獲物を解体し、肉や使える内臓を分けて冷蔵庫に入れている。

今日は早朝狩りに出て、戻ってきたようだ。解体場にみんないる。

「おはようございます、みなさん」

「む……帰ったか、村長」

「……久しいな」

バルギルドさんとディアムドさんだ。相変わらず無口だが、ほんのわずかに口元が緩んでいる。微妙な変化だが嬉しい。

「おかえり村長！　おみやげあるっ？」

「バカシンハ！　そーいうのはねだらないの！」

「あっで⁉」

「あはは。お土産ならあとで家に届けるよ。ビッグバロッグ王国のお菓子だけどね」

「やたっ！」

「……ねーちゃんが一番喜んでるよ」

「うるさいっ！」

ノーマちゃんとシンハくんの姉弟だ。この二人も相変わらずだな。

「おかえりなさい、村長」

「おかえり、おにーたん！」

「キリンジくん、エイラちゃんも久しぶり。元気だった？」

「うん！」

エイラちゃんの頭を撫でると、可愛らしく微笑む。

しっかり者のキリンジくんはピシッと頭を下げてくれた。本当に礼儀正しいな。

「そうだ、アーモさん、ネマさん。あとで家にお酒を届けます。ビッグバロッグ王国で作られた果実酒です」

「まぁ、ありがとうございます」

「ふふ、嬉しいわ」

「もちろん、バルギルドさんたちの分もあるんで」

デーモンオーガのお土産に買ったのは、酒とお菓子だ。他にも各種族のお土産を大量に買ったので、帰りの荷物は本当に重かったと思う。運んでくれたドラゴンには肉の塊《かたまり》でも届けてやるか。

魔犬族のみなさんは現在解体した肉を運んでいるらしく、ここにはいない。

挨拶もそこそこに、俺は兄さんを紹介した。

「こちら、俺の兄でビッグバロッグ王国将軍のリュドガ兄さんです。新婚旅行で村に滞在しています」

「初めまして、リュドガです」

「将軍……」

「すっげぇ！　かっけぇぇっ！」

キリンジくんとシンハくんが反応し、他の方も「ほぉ～」と感心していた。

すると、ノーマちゃんが近付く。

「お兄さんお兄さん、噂の新婚さんなの？」

「噂はともかく、新婚だね」

「ほぉぉ……ねぇねぇ、お嫁さんのお話聞かせて！　馴《な》れ初《そ》めとか、プロポーズの言葉とかさぁ！」

「い、いやぁ……恥ずかしいな」

「ノーマ！　恥ずかしいことはやめなさい！」

「はぅっ⁉」

ノーマちゃん、アーモさんからゲンコツくらってしまった。

みんな笑っていたが、意外にもキリンジくんが兄さんに話しかける。

「あの、将軍ってことは、とても強いんですよね？」

こういう質問には自分では答えにくいだろうと思い、俺が代わりに言う。

「うん。兄さんはビッグバロッグ王国最強の魔法師で剣士でもあるんだ。魔法を使わない剣技大会でも五年連続優勝してたよね」

「ま、まぁな」

するとキリンジくんは滅多に見せない笑顔になり、頭を下げた。

「あ、あの！　オレに稽古《けいこ》を付けてください！」

「え？」

「オレ、強くなりたいんです！　お願いします！」

「……キリンジ」

ディアムドさんは制止しようとしたが、兄さんはあっさり頷いた。

「あ、構いませんよ。オレも鈍《なま》らないように身体を動かしたかったですし」

「やった！」

確かにドラゴンに乗って数日、運動してないからな。

キリンジくんは真っ黒な棒を二本持ってきて、一本をリュドガ兄さんに……って、今からやるの？

「……結構重いね。これは？」

「ドワーフの方に作ってもらった、アダマンタイト鉱石の棒です。普通の木剣じゃすぐに折れちゃうんで……」

「なるほど」

そりゃデーモンオーガの一撃に耐える木なんてないだろうな。キリンジくんは十六歳。もう大人に仲間入りしつつある。デーモンオーガの特性も出てきているらしい。

「じゃあさっそくやろうか」

「はいっ！」

解体場の少し広い場所に移動し、兄さんとキリンジくんは向かい合った。

キリンジくんは最近、龍騎士から剣の指導を受けている。パワーとスピードはもちろん、ここに剣技を加えたら、どれほど強くなるのだろうか。

「兄さん、キリンジくんは」

「わかってる、大丈夫だ」

伝説の種族デーモンオーガだ、と言おうとしたのだが、兄さんはニコッと笑いアダマンタイトの棒を構える。

「さぁ、どこからでもどうぞ」

「……行きますっ!!」

次の瞬間、地面が爆発した。

キリンジくんが地面を蹴っただけで、大地が抉《えぐ》れたのだ。とんでもない脚力とスピードだ。

「───えっ?」

「うん、速いね」

だが、ほんの半歩だけ位置をずらした兄さんは、キリンジくんの手を軽くトンっと叩き、アダマンタイトの棒を叩き落した。

完全に、キリンジくんの動きを読んでいた。

「な、なに、が……」

「パワー、スピード共に申し分ない。でもね、動きが素直すぎる。手足の動き、剣の振り上げ方、振り下ろすタイミング、全てが型にはまりすぎて、避けるのも受け流すのも容易い。いいかい、型はあくまでも型、自分の動きを見つけるんだ」

「………………」

キリンジくんは、ポーっとしながら兄さんを見ていた。

そういえばヒュンケル兄が言ってたっけ、兄さんは将軍なのに部下や新兵の指導に熱心だって。

「さ、もう一度やろうか」

「は……はいっ！」

「君は筋がいい。鍛えればいい戦士になる。頑張ろう」

「はいっ！」

結局、この日はキリンジくんの指導で終わった。

兄さんはディアムドさんとバルギルドさんに気に入られ、今度一緒に飲む約束をしていた。

キリンジくんは兄さんに尊敬の目を向けるし、ノーマちゃんたちも懐いている。

兄さんはやっぱりすごい。俺も見習おう！

第十七章　結婚式の準備

リュドガ兄さんとルナマリア義姉さんが村に来て数日が経った。

二人は村に馴染み、それぞれのんびり過ごしている。

兄さんは、龍騎士たちとランニングしたり、デーモンオーガ一家と狩りに出かけたり、図書館で読書したりと満喫し、ルナマリア義姉さんはミュディと一緒に製糸場の手伝いをしたり、浴場でのんびり風呂に入ってマッサージを受けたり、シェリーやエルミナと一緒に農作業したりと、普段できないことをやっていた。

もちろん、二人きりの時間もある。

朝は一緒に村を散歩したり、読書したりしている。村での生活が兄さんと義姉さんの絆をさらに深めている気がした。

そんなある日、俺は村の外れに完成した建物を見上げていた。

「……でかい」

「そりゃそうだ。嬢ちゃんたちの希望をこれでもかと取り入れたからな。人間式、ハイエルフ式、龍人《ドラゴニュート》式……というか、村の種族なら誰が式を挙げようとも対応できる」

「おぉ……」

俺の隣ではアウグストさんが満足そうな顔で頷いている。

そう、見ていたのは新しくできた教会だ。

俺たちがビッグバロッグ王国に帰郷している間に完成した。

純白の建物でチャペルは人間式。ヤドリギが植えてあるのはハイエルフ式。ドラゴンの彫刻が置いてあるのは龍人《ドラゴニュート》式。いろいろな種族に対応できるようにしつつ、教会の神聖さと景観を壊さないようなデザインになっている。さすが建築のプロ、エルダードワーフだ。

「いやぁ、間に合ってよかったぜ」

「え？」

「ミュディの嬢ちゃんに言われたんだよ。『できればリュドガさんたちが村に滞在している間に完成をお願いします』ってな。そん時は外側は完成してたが内装がまだでなぁ……だから、急いで作ったってわけだ」

「あーなるほど、そういうことか」

兄さんたちに、俺たちの結婚式に参加してもらいたいんだ。もちろん俺も参加してほしいと思っている。

そろそろ本格的な準備をするべきだろう。

兄さんたちの滞在期間はまだあるが、住人に結婚式の日取りを案内して、各方面に招待状を送って、銀猫たちに料理の献立を考えてもらって……うーん、やることいっぱいだわ。

「……アウグストさん、ありがとうございます！」

「おお。結婚式には大量の酒を出してくれや。ワシらドワーフに感謝するなら、村長の晴れ姿と酒が何よりのプレゼントだぜ」

「はい。みなさんが酔い潰れるくらいの酒を準備しますよ」

よし、今夜みんなに結婚式の日取りを相談しよう。

◇◇◇◇◇◇

夜。夕食を終えて風呂に入り、全員を応接間に集めた。

シルメリアさんたちや子供たちも同席させている。ミュアちゃんやライラちゃんは眠そうにしているが、ちょっとだけ我慢してもらおう。

俺は全員に言った。

「教会も完成したし、兄さんたちが村に滞在している間に結婚式を挙げようと思う」

反対意見はなかった。むしろ賛成意見しかない。

決めることはたくさんあった。

「まず、日取りだけど、準備もあるから三十日後くらいにしたいと考えてる。招待状も送らないといけないし、村での準備もあるからさ」

「そうだね。わたしたちも準備しなきゃだし……」

「そーね。いろいろと」

ミュディとシェリー、ローレライやクララベル、エルミナもウンウン頷く。よくわからないけど何かあるのか？

「アシュト、女にはいろいろあるんだ。察しろ」

「は、はい……」

ルナマリア義姉さんに言われた……あんまり突っ込むと怒られそうだからやめておこう。

俺はシルメリアさんに話を振る。

「シルメリアさん、新年会に続いて申し訳ないですが、結婚式の料理もお願いします。たぶん、新年会に匹敵《ひってき》する量が必要かと」

「お任せください。全銀猫たちが腕を振るいましょう」

「は、はい」

シルメリアさんと、その後ろに控えていたマルチェラ、シャーロットは深々と頭を下げた。

調理と聞いてやる気が出たのか、オーラを感じる。

「明日になったらディアーナとも相談するよ。悪いけどミュディたち、しばらく仕事は休んで、結婚式の準備をみんなでやろう」

「もちろん！　ふふふ、結婚式……楽しみだね、シェリーちゃん」

「ええ。ついに来たわ！　あたしも頑張る！」

「えへへー、お姉さま、お兄ちゃんと結婚だよ！」

「そうね。ついに……」

「ふふーん、私もいよいよ花嫁ね！」

女性陣はやる気満々だ。新しい立派な教会で、村最初の結婚式。気合が入らない方がおかしい。

「アシュト、オレにできることはあるか？」

リュドガ兄さんが聞いてきた。

「ええと……じゃあ、親族の挨拶を」

「それもだが、他の仕事のことだ。椅子やテーブル運びでもいい。何か手伝わせてくれ」

「私もだ。妹の結婚式、私にできることがあれば……」

いきなり言われても困る……まだ何も決まってないし。

「と、とりあえず、いろいろ決まってから声をかけます」

「……わかった」

さて、ミュアちゃんたちはいつの間にか寝ているし、明日から本格的に準備を始めようか。

◇◇◇◇◇◇

翌日、俺たち家族はディアーナの執務邸に足を運んだ。

挨拶もそこそこに、商談用のソファに座る。

ディアーナの部下セレーネがお茶を運んできたので、ありがたく頂戴した。

「なるほど、結婚式ですね」

「ああ。できれば、いや……必ず、兄さんたちが滞在している間に執《と》り行いたい」

「……ふむ」

ディアーナは少し考え込み、言った。

「少し厳しいですね。食材の備蓄やお酒が足りないかもしれません」

すると、ミュディ、シェリー、ローレライ、エルミナ、クララベルが言う。

「わたしたちも手伝います！」

「ええ、なんでもやるわ」

「足りない食材はドラゴンロード王国から輸入すればいいと思う。お父様なら喜んで協力してくれるわ」

「あ、ならハイエルフの里からも食材を持ってこさせるわ！」

「お酒はどうしよっか？」

うーん、女性陣は強い。俺は口を出せない。

ディアーナも会話に混ざり、あれやこれやと話が進む。

そんな中、ディアーナが言った。

「……あまり使いたくない手ですが、お酒はお任せください」

「何をするんだ？」

「兄にお願いしてみます」

「ルシファーか……よし、俺からも頼むよ。もちろん、対価は支払わせてもらう」

こうして俺たちの結婚式の準備が、本格的に始まった。

第十八章　植物たちのお手伝い

アシュトの結婚準備が着々と進む中。とある集団が密かに集まっていた。

『アシュト、ケッコンスル！』

「まんどれーいく」

「あるらうねー」

『シッテルゼ。イイオンナタチダ……アシュトモシアワセモノダゼ』

『ケッコン……オラ、ヨクワカンナイ』

緑龍の村に住む、アシュトによって生み出された植物たちだ。

植木人《ツリーマン》のウッド、マンドレイクとアルラウネ、樹王《じゅおう》フンババ、緑色の狙撃手《ベヨーテ・ザ・マン》のベヨーテ。全員、アシュトが大好きなので、アシュトのために何かできないかと考えているようだが……今一つ、アイデアが浮かばない。

フンババとベヨーテの職場である村の入口。住人たちの出入りは多い。

『ミンナ、イソガシソウ……ボクタチ、ナニモシテナイ』

「まんどれーいく……」

『デモ、オラハモンバン。ココガシゴト』

『アシュトノタメニナニカシタイノ！』

ウッドがバタバタ跳ね回る。すると、フンババに寄り掛かっていたベヨーテが言う。

『デ……オレタチニナニガデキル？』

「あるらうねー……」

『オラ。タタカイナラデキル！』

『タタカイ……ジャア、ミンナデカリスル？』

だが、狩りはデーモンオーガたちが請け負っている。アシュトのために何かするという点では、少し物足りない。ウッドは腕組みをして頭を振った。

『ウ〜〜〜……ワカンナイ』

『ふっふっふ……みんな、悩んでいるようね』

と、ここで上空から可愛らしい声が。

全員が頭上を見上げると、蝶のような形をした、透き通った羽を持つ小人が浮かんでいた。

『ア、フィル！』

『やっほー！　話は聞かせてもらったわ。アシュトのためにみんなができることを探しているわけね？　……なら、すっごくいい案があるんだけど、聞く？』

ハイピクシーのフィルことフィルハモニカは、花の妖精に相応しくない笑みを浮かべた。

ふわりとウッドたちを一周し、全員の注目を浴びてから話を切り出す。

『みんな。アシュトの結婚式のために、「七色の虹花《レインボー・カーネーション》」を採りに行かない？』

フィルの提案は、ウッドたちにとってとても魅力的な話だった。

フィルの話は単純だった。

教会の周りを彩るため、ハイピクシーたちしか知らない、オーベルシュタインの秘境に咲く『七色の虹花《レインボー・カーネーション》』というとても珍しい花を採取に行く、というものだ。

フィルはウッドに言う。

『この花、す～～～っごく珍しくて、百年に一回しか咲かないお花なの。しかもすっごく脆《もろ》くて弱いお花なんだぁ……そこで考えたの、ウッドが葉っぱを食べればいくらでも咲かせられるって！』

ウッドは、食べた葉の植物を自在に複製できる能力を持つ。つまり、弱い『七色の虹花《レインボー・カーネーション》』本体を摘むのではなく、その葉を一枚もらい、ウッドに複製してもらうというのだ。

『考えてもみてよ。あのおっきな教会の周りに咲き誇る虹色の綺麗なお花……アシュトはもちろん、

ミュディやシェリーたちも大喜び！　きっとみんな驚くわ！』

『オオ～～～ッ！　イイ、イイ！』

ウッドはぴょんぴょん跳ね回る。するとベヨーテが言った。

『キケンハアルンダロ？』

『もちろん。だからここにいるみんなで行くの！　フンババやベヨーテがいれば、怖い魔獣なんてへっちゃらでしょ？　それに、「七色の虹花《レインボー・カーネーション》」は特に危険なところに生えてるの。みんながいないと採取できないわ』

「まんどれーいく！」

「あるらうねー！」

『オラ、アシュトノタメニヤルゾ！』

二人の薬草幼女は『やりたい！』と言っている。ウッドはもちろん、フンババも乗り気だった。

『シカタネェ……ヤッテヤルヨ』

ベヨーテはテンガロンハットをクイッと上げる。

『よーし！　じゃあ案内はわたしにお任せ！』

こうして、植物と妖精による『七色の虹花《レインボー・カーネーション》』採取部隊が結成された。

◇◇◇◇◇◇

翌日。

植物たちは、アシュトに『みんなで遊びに行く』と言って村を出た。

フンババの頭にマンドレイクとアルラウネが乗り、ウッドとベヨーテは両肩に座り、フィルともう一人のハイピクシーであるベルことベルメリーアがフンババの眼前を飛ぶ。

『ベル、みんなで追いかけっこしてたんじゃないのー?』

『フィル、一人で何かコソコソしてたから。アシュトのために一人でいいかっこしようとしてる』

『うっ……べ、べつにいいじゃない』

『だめ。わたしもアシュトに褒められたい。手伝う』

『うー……まぁいいわ』

フィルは、ベルに目的地を話す。これから向かうのは『七色の虹花《レインボー・カーネーション》』が咲く渓谷《けいこく》。通称『虹花の谷』である。

『七色の虹花《レインボー・カーネーション》』は、ハイピクシーにとって特別な花だ。

百年に一度だけ、蜜を採ることができる花。花が咲き誇ればフィルたちも採取をしに出かけるだろう。だが、花が咲くにはまだ時期が少し早い。目的は葉っぱを一枚もらうことだけ。

『オハナ、ミタイ』

「まんどれーいく」

『お花が咲くのはもうちょっと先かな。ウッドが葉っぱを食べて、教会の周りにいっぱい咲かせればいいわ』

『ワカッタ。ボク、ガンバル！』

フィルの案内で、フンババは山をズンズン進んでいく。

その時、肩に乗ったベヨーテが腕を持ち上げた。

『……フン、オレラヲネラウナンテ、バカダゼ？』

ボシュッとベヨーテの腕から棘《とげ》が発射された。

発射された棘は、フンババの頭上にある木の枝のさらに上に突き刺さる。すると、ボトリと巨大なトカゲが落ちてきた。

どうやら、木の上からマンドレイクとアルラウネを狙っていたようだ。

「まんどれーいく！」

「あるらうねー」

『キニスンナ。シゴトダ』

ベヨーテはテンガロンハットをクイッと上げた。

その後も、何度か魔獣に襲撃された。だが、ベヨーテの棘、フンババの剛腕であっさり返り討ち……フィルはニコニコしていた。

『やっぱりみんなで来てよかったー！　えへへ、怖いものなんてないね』

『うん。わたしたち、隠れるのは得意だけど戦うのムリ』

ベルもニコニコしていた。いつも花の蜜を採取する時、魔獣などの気配を感じたら速攻で隠れているのだ。堂々と空を飛んで森を移動するのは気持ちがいい。

それから数時間後。目的の場所に到着した……のだが。

『ここ。この崖の下に、「七色の虹花《レインボー・カーネーション》」が生えているの』

フィルが指差した場所は、深い崖の下だった。

下を覗き込むと真っ暗で底が見えない……相当な深さだろう。

マンドレイクとアルラウネがフンババから降りる。

「まんどれーいく！」

「あるらうねー！」

二人は胸をドンと叩き、ウッドとフンババを指差した。

ウッドとフンババは『?』と首を傾げたが、ベヨーテには伝わった。

『ソウイウコト、カ。ダガヨ、ジョウチャンタチ、キケンダゼ……フッ、グモンカ』

ベヨーテは左右に首を振る。

そして、ウッドとフンババに作戦を説明し、準備を始めた。

マンドレイクとアルラウネの作戦。

まず、ウッドが両手から出した根をマンドレイクとアルラウネの身体に巻き付け、フンババがウッドを掴む。

そしてウッドがゆっくり根を伸ばし、崖の下に下りた二人が葉っぱを採取する、というものだ。

『危険な魔獣はいないと思うけど……』

フィルは心配していたが、マンドレイクとアルラウネは親指をグッと立てる。

『ジャア、オロスヨー』

『ササエルノハマカセロー』

しゅるしゅると、ウッドの両手から伸びた根がさらに伸びていく。

マンドレイクとアルラウネは、ゆっくりと崖下へ……フィルとベルも一緒に降り、二人を励まそうとした。

「まんどれーいく！」

「あるらうねー！」

だが、二人ははしゃいでいた。どうも楽しいようだ。

そして、降下から五分ほどで目的の場所へ。

『あ！　あった、あった、あったよ！』

『つぼみ……そろそろ咲くみたいだね』

崖の中腹に、『七色の虹花《レインボー・カーネーション》』があった。

予想通り、まだ花は咲いていない。緑色の大きな葉っぱがたくさん生えていた。

フィルやベルの体長と同じくらい大きな葉っぱだ。さすがに単独の力ではちぎることはできない。

マンドレイクとアルラウネは互いに頷き、近くに生えていた葉っぱに同時に手を伸ばす。

二人はもう一度顔を見合わせ、呼吸を整えた。

「まんどれーいく！」

「あるらうねー！」

せーの、で力を入れて引っ張ると、葉っぱが一枚綺麗にちぎれた。

『やったぁ！』

『ウッド、上げてー』

ベルがウッドに言うと、根っこが徐々に戻っていく。

ウッドとフンババ、ベヨーテたちが見たのは……葉っぱを大事そうに抱えるマンドレイクとアルラウネだった。

◇◇◇◇◇◇

夕方。村に戻ったウッドたちは、完成したばかりの教会に向かった。

「あれ、ウッド？　それにみんな……遊びに行ってたんだよな」

そこにはアシュトとミュディとシェリーがいた。三人で教会を見ていたのだろう。

『ちょうどよかった！　アシュト、わたしたちからプレゼントがあるの！』

と、フィルが胸を張り、アシュトの肩に座る。さらに負けじとベルが反対側に座った。

「なんだ、どうしたんだ？」

困惑するアシュトに、ウッドが説明する。

『エヘヘ、アシュト、ボクタチ、ミンナデハナシアッテ、アシュトノタメニナニカデキナイカナッテ。ソレデ、フィルタチトイッショニ、オハナトリニイッタノ！』

「え……花？」

『ウン！　マンドレイク、アルラウネ！』

「まんどれーいく」

「あるらうねー」

二人が大きな葉っぱを取り出すと、ウッドはその葉っぱをパクっと食べた。

そして、両手から根を伸ばして地面に突き刺し、根が地面を伝い教会の周りを包囲する。

次の瞬間、地面からぴょこぴょこと芽が出た。芽はぐんぐん成長し、大きな蕾となり……花開く。

「うぉ……すげぇ」

「わぁ……」

「なにこれ……きれい」

アシュト、ミュディ、シェリーが驚きの声を上げた。虹色の花なんて、初めて見たのだ。

『オラタチノキモチ！』

『ヘヘ、カンシャシナ』

「まんどれーいく！」

「あるらうねー！」

『わぁい！　みんな呼んでこよー！』

『あ、フィルずるい。わたしも行くー』

教会に咲いた虹色の花は、夕日に照らされキラキラ輝いていた。

「……みんな、ありがとな」

アシュトは、嬉しすぎて泣きそうになっていた。

第十九章　みんなの贈り物

結婚式の準備は順調に進む。

新年会の招待状を送った面々に、今度は結婚式の招待状を送り、住人たちにも結婚式の開催を通達した。

おかげで、村に活気が出てきた。

村に移住してきた種族たちは、自分たちの故郷に戻って贈り物や食材をわんさと運んできたし、ルシファーなんて大量の酒を送ってきた。

デーモンオーガ一家もはりきり、『新年会以上の大物を狩る』なんて息巻いていた……ありがたいけど、あれ以上の大物はさすがに……

俺は見てないが、花嫁のドレスも順調に製作が進んでいるらしい。

兄さんやルナマリア義姉さんも何か手伝えないかと村を回り、いろんな種族の人たちと交流を深めている。結果的に、二人は村の住人とばかりに馴染んでいった。

そして、今日も村には贈り物が届く。

酒蔵の前には、大量の木箱が積み上げられていた。一つ開けると、そこには高級酒が何本も入っている。

これを持ってきたのはディミトリだ。

「アシュト様。こちらワタクシから結婚のお祝いでございます」

「ディミトリ……これ、酒か？」

「はい。我がディミトリ商会がオーベルシュタイン中の支店からかき集めた高級酒でございます！　アシュト様、これからもディミトリ商会を是非とも御贔屓《ごひいき》に」

「あ、ああ。ありがとう」

「つきましては、新婚旅行のプランもこちらで――」

「ヘイヘイヘイ！」

俺とディミトリの間に割り込むように、アドナエルが現れた。

「アシュトチャン、結婚おめでトゥ～！　天使からもプレゼントがあるゼ！」

「う、うん。ありがとう」

「イオちゃ～ン！」

「はい、社長」

アドナエルが指をパチッと鳴らしたら、秘書のイオフィエルが突如として出現し、両手に箱を持って俺の前に出てきた。

イオフィエルがその箱を開けると……

「おお、ケーキか！」

箱の中身はショートケーキだった。

真っ白で雪みたいな生クリームたっぷりのケーキだ。そうそう、結婚式にはウェディングケーキが欠かせない。

「銀猫族のシルメリア様には相談済みです。結婚式に必要なケーキは、エンジェル族のパティシエが手配させていただきます」

「おおおっ！　いいのか？」

「はい。こちらはサンプルです。当日はさらに大きなものを手配いたします」

「ありがとう！　天使のケーキかぁ……」

「ぐぬぬぬぬっ……」

俺がケーキに喜んでいるのを見て悔しいのか、ディミトリがハンカチを咥《くわ》えて唸っていた。

「フフゥ～ン？　どうかしたのかいディミトリさんヨォ～？」

そこを煽《あお》るアドナエル。

「ふ、ふん……確かにお菓子作りで天使には敵《かな》わないことは認めましょう」

「エィイインンジェルッ!!　ハハハハハ、そうかいそうかい！」

「ですがアシュト様。我がディミトリ商会が集めたお酒もお忘れなく！」

「わ、わかってるよ。ありがとう、二人とも」

この二人、もう少し仲良くしてくれたらなぁ……

◇◇◇◇◇◇

家に戻った俺は、自室に届いた白いタキシードに着替えていた。

「ご主人様、失礼します」

「ん、どうかな」

「はい、よくお似合いです」

魔犬族の少女たちが作ってくれたタキシードに着替え、シルメリアさんにチェックしてもらっている。

さすが、サイズぴったりだ。

「ふぅ……結婚式かぁ」

「ご主人様、当日のお料理はお任せください。全銀猫がご主人様のために腕を振るいますので」

「うん。ありがとう、シルメリアさん」

鏡の前でポーズを取っていると、お客が来た。

着替えて待たせるのも悪いので、タキシードのまま応接室に向かうと、そこにいたのはハイエルフのメージュとルネアだった。

「わぉ、かっこいいじゃんっ村長」

「いけてる」

「ありがとな。それで、何か用事なのか？」

「うん、これ」

メージュは袋から、凝った装飾の箱を複数個取り出して並べた。

見ただけでピンときた。

「指輪、完成したよ。指のサイズこっそり測るの苦労したよ……」

「……エルミナは酔わせて寝たところを測ったけど、ローレライが一番苦労した」

指のサイズを測るのに、ハイエルフ女子会を利用したらしい。

ローレライはかなりの酒豪で、いくら飲ませてもなかなか酔わなかったのだとか。

ミュディやシェリーはお酒を飲ませるとすぐに寝たし、クララベルは酒を飲ませなくても眠くなると寝てしまった。でもローレライは酔わずにずっと飲んでいた。

「結局、普通に寝るまで待ってこっそり測ったよ……起きないかどうか心配だったわ」

「そ、そうか……ご苦労さん」

二人を労《ねぎら》って箱を受け取る。これは当日まで薬院にでも隠しておくか。

「メージュ、ルネア、なにか欲しいのはないか？　お礼がしたい」

「別にいいよ。それより、エルミナを幸せにしてあげてね」

「……うん。最近のエルミナ、ずっと村長のことばかり話すの。嬉しくてしょうがないみたい」

「……ああ、わかってる」

エルミナだけじゃない。みんな幸せにしてみせるさ。

◇◇◇◇◇◇

龍騎士とセンティたちが動いたおかげで、招待状の配達は数日で終わった。

俺はディアーナと積極的に打ち合わせをして、結婚式の中身を詰めていく。

ミュディたちはドレスの最終調整に入った。製糸工場に様子を見に行ったら叩き出された……当日まで秘密なんだってさ。まぁいい。俺も指輪を秘密にしているからね。

リュドガ兄さんは、デーモンオーガ一家と狩りに出かけるようになった。

自分の仕事があまりないと知り、ならば結婚式で美味しいものを食べてもらおうと、毎日森へ出かけている。キリンジくんに懐かれている兄さんはとても楽しそうに見えた。

ルナマリア義姉さんは、ミュディたち花嫁に付きっきりだ。

自分の結婚式の経験を生かして打ち合わせに参加してくれているし、大助かりだ。

他の種族たちも、準備に精を出している。

当日は野外立食パーティーになる予定で、会場設営や宴会場の飾りつけをしている。また、エルダードワーフたちは改めて教会のチェックをしていた。

当日はエンジェル族の整体師たちが、花嫁の化粧や髪の手入れをしてくれるらしい。ここに来てアドナエルの評価が上がっている。ディミトリには悪いが、美容において天使に敵う者はいない。

そして、結婚式三日前。

明日から招待客が村に来る。新年会の時のように案内して、当日までのんびり過ごしてもらう予定だ。って、新年会からそんなに時間が経過してないのに、また集まることになるとは。

新居では、俺と花嫁たち、リュドガ兄さんとルナマリア義姉さんが集まっている。

「兄さん、ルナマリア義姉さん、手伝いをありがとう」

「気にするな。弟と義妹《いもうと》のためにできることをしただけだ」

「私もだ。むしろ、とても楽しかったぞ」

そう言ってくれて嬉しい。

二人は新婚旅行で来たはずなのに、とても休んでるようには見えなかった。そこだけは申し訳ないと思う。

「アシュト、そういえば」

「……やっぱりダメかも」

「そうか……」

兄さんと俺、そしてシェリーが肩を落とす。

ビッグバロッグ王国のエストレイヤ家にも招待状を送ったが、仕事で忙しくしている父上は『鈴鳴りの花《リンリン・ベル》』で『申し訳ない、やはり行けそうにない……』と、連絡をくれた。

さすがに、そこまで甘くないか。ヒュンケル兄も仕事で来られないと謝っていた。

だけど、『鈴鳴りの花《リンリン・ベル》』のおかげでいつでも会話できるんだ。祝いの言葉はたっぷりもらった。

俺は気分を変えるために、みんなに言う。

「みんな、結婚式……絶対に成功させよう」

第二十章　来賓の皆様、いらっしゃいませ

再び、村に招待客が続々と訪れた。

新年会の時と同じメンツで、『おめでとう！』と挨拶してくれ、たくさんの贈り物を受け取った。

新年会からそんなに日が経たないうちにまた呼び出したのは申し訳ないが、誰も気にしていなかったし、集落間での催し物は今までなかったから、こういう行事は楽しみでしょうがないそうだ。

招待客はみんな、教会を見て驚いていた。

それだけじゃない。この教会を貸してほしいとも言われた。

もちろん構わない。俺たちだけの結婚式でお役御免《ごめん》じゃ、頑張って建ててくれたドワーフたちに申し訳ないからな。

この村の教会は、様々な種族の結婚式に対応している。使う機会も増えるだろう。

俺は続々と来る招待客に、妻たちと挨拶をしていた。

中でも驚いたのは……

「久しぶりだな、エルミナ」

「エルミナちゃん、元気にしてたかしら？」

「え……」

超イケメンのハイエルフと、超美女のハイエルフだった。

誰だ？　前にこんな人は呼んでなかった――

「パパ、ママ!?」

……え？

「父さんから聞いた。まさか結婚したとはな。なぜ連絡をよこさない」

「だ、だって、パパとママ、遠くのユグドラシルに住んでるし、パパは里長で忙しいから……」

「バカ者!!　娘の結婚式に参加しない父親がどこにいる!!」

「ひっ」

「そうよ、エルミナちゃん。パパもママもお義父さんから聞いたのよ？」

「うっ……ご、ごめんなさい。その、千年後くらいに知らせればいいかな～って」

「まったく、このバカ娘は……」

完全に、エルミナファミリーの空間だった。

ポカンとしていると、エルミナパパが俺のところへ。

「きみが、噂のアシュト村長かね？　うちの娘が世話になっているよ」

「はは、はい！」

「どうやら娘は私たちの存在を伝えてなかったようだね……」

「はい。その、知ったのはつい最近で……手紙も間に合わなかったようで」

「構わん。それより、父さんがきみをべた褒めしていたようでな。ユグドラシルとフェンリルに認められ、ユグドラシルの果実を食べたとも聞いた。ふふ……娘をよろしくお願いします」

エルミナママも、俺に頭を下げる。

「アシュト村長。この子は少し頭が弱いけどいい子です。どうかよろしくお願いします」

「は、はい。こちらこそよろしくお願いします」

「ふふ、それと、もしよかったらうちの里にも遊びにきてね？　その時は……孫を連れて♪」

「えっ……」

「ちょ、ママのバカ！」

「うふふっ」

エルミナママは、シエラ様に似ていた。

エルミナは恥ずかしがっていたが、エルミナの両親に挨拶できてよかった。

そして、次の来客は、これまたド派手だった。

「お……なんかもう見慣れてきたな」

「ええ……パパたちが来たわ」

赤と青の鎧を装備した龍騎士たちが、編隊を組んで飛んできた。こんなこともあろうかと、村の入口を開拓して広くしてある。

ランスローとゴーヴァンと龍騎士たちが整列し、ドラゴンが着地すると同時に敬礼した。

そして、一際大きいドラゴンから降りてくるのは、ドラゴンロード国王・ガーランドである。

「うっ……うぅぅぅうっ……うぉぉぉぉぉ～～～んっ!!」

「え」

　困惑する俺。龍騎士たちは敬礼を崩さないし、シェリーやミュディは「アシュト、なんとかして」って表情だし、頼みのローレライとクララベルも、ちょっと困惑していた。

　ガーランド王は、ドラゴンから降りると同時に号泣した……なにこれ。

「あ、あの」

「アシュトぐぅぅぅぅぅぅんんんっ!!」

「うぉぉぉぉっ!?」

「むずめの、むじゅめのごどをどうがぁぁぁぁぁ～～～～っ!!」

「いぎゃぁぁぁぁぁっ!?　づぶれるあぁぁぁぁぁぁっ!?」

　ガーランド王にがっちりホールドされ締め上げられる俺。やばいやばい中身でちゃぅぅぅっ!!

　すると、アルメリア王妃がガーランド王をぶん殴った。

「っほげ!?」

「やめなさい。アシュトくんを殺す気？」

「はっ、し、しまった！　大丈夫かアシュトくん!!」

「……な、にゃんとか」

　骨が砕ける寸前で解放され、ミュディに支えてもらいながら立ち上がる。

　そして、ローレライとクララベルが前に出た。

「お父様、お母様、ようこそいらっしゃいました」

「ローレライ、おめでとう」

「パパ、ママ……」

「クララベル、おめでとう」

「うん、ありがとうございます。ママ」

「おめでどぉぉぉぁあぁぁぁぁ～～んんん!!」

「パパ、うるさい」

ガーランド王だけ感激しすぎだろ……クララベルの容赦ないツッコミに撃沈してるし。

アルメリア王妃はクララベルを抱きしめ、俺の前で頭を下げた。

「アシュト村長。この度はご結婚おめでとうございます」

「ありがとうございます。ローレライとクララベルは必ず幸せにします」

「ええ。それと、子供ができたらドラゴンロード王国まで連れてきてね？」

「は、はいっ！」

エルミナファミリーといい、子供の話はちょっと照れる。

ガーランド王は涙と鼻水まみれでローレライとクララベルを抱きしめようとして拒絶されてるし……相変わらずだな。

さて、今夜もローレライとクララベルは家族で過ごさせるか。

◇◇◇◇◇◇

来賓をあらかた案内し、村は結婚式一色に染まる。

明日はいよいよ結婚式。俺は最後の確認をしようとディアーナの家に向かった。

すると、家の窓からルシファーが顔を覗かせた。

「や、アシュト。結婚おめでとう」

「ルシファー」

「ささ、入っておいでよ」

家に入ると、来賓用のソファーで寛ぐルシファーと、向かい側に座るディアーナがいた。ルシファーの背後には、護衛のデーモンオーガであるダイドさんがいる。

ディアーナの隣に座ると、ヘカテーがお茶を出してくれた。

「改めて、結婚おめでとう」

「ああ、ありがとな。そうだ、明日の祝辞は任せていいのか？」

「もちろん！　ちゃんとお祝いの言葉を考えてきたんだ」

各種族の代表たちから祝いの言葉をもらう。ルシファーは最初の発表なので緊張……しないだろうな。なんか楽しげにやりそうだ。

「結婚かぁ……ねぇアシュト、きみは五人の妻を迎えたけど、これからも増やす予定はあるかい？」

「ッブ⁉　お、お兄様⁉」

なぜか、ディアーナが紅茶でむせた。

「増える予定は……まぁ、ある」

「おお！　そりゃほんとかい？」

「ああ」

シルメリアさんと約束したからな。

自分の子供が欲しいと彼女は言っていた。銀猫族は主以外の子供を産めない。

つまり、いずれは俺と結婚することになる……いずれね。詳しいことはまだ未定だ。

どういうわけか、それを聞いたルシファーは目を輝かせた。

「なら、うちのディアーナも――」

「アシュト様！　式の段取りの確認を！」

「お、おお。どうしたディアーナ？」

「なんでもありません！　それと、部外者は出て行って下さらないかしら⁉」

「部外者って、ボクは明日の祝辞を」

「なら、余計なことは言わずにお願いします……」

「わ、わかったよ」

なんかディアーナが怖い……どうしたんだろう？

◇◇◇◇◇◇

話し合いが終わり、俺は自室に戻ってきた。

壁にかけてあるタキシードを見つめ、明日の予定を頭に巡らせる。

俺は着替えるだけだが、ミュディたちはマッサージを受けたり、エンジェル族のスタイリストたちからの徹底的なメイクを受けたりする。

ふと、窓際に置いてある『鈴鳴りの花《リンリン・ベル》』が目に入った。

「……忙しいかな」

花を取り、口と耳に向けて念じる……すると、繋《つな》がった。

『おう、誰だ？』

「ヒュンケル兄、俺だよ」

『アシュトか。どうした？』

「いや、明日結婚式だからさ、挨拶しておこうと思って」

『そうか。リュドガたちは元気か？』

「うん。結婚式の準備をしてもらってさ……せっかくの休暇なのに、毎日忙しそうで」

『気にすんな。リュドガもルナマリアも、楽しんでやってるだろうからよ。へへ、オレもそっちに行きたいぜ』

「ヒュンケル兄――」

「アシュト、ちょっといいか？」

と、リュドガ兄さんとルナマリア義姉さんが入ってきた。

『ん、どうした？』

「いや、リュドガ兄さんとルナマリア義姉さんが来たんだ」

『ほぉ、そうか』

「ちょっと待ってて」

俺は花を離す。

「どうしたの？」

「いや、明日の式のことで……誰と話してるんだ？」

「ヒュンケル兄だよ。ちょっと報告をね」

「ヒュンケル？　どれ、貸してくれ」

兄さんは、ヒュンケル兄と楽しそうに話し始めた。

ルナマリア義姉さんが俺に言う。

「ヒュンケルとは毎晩話してるのだがな……アシュト、便利な花だよ、これは」

「俺もそう思う。これならいつでも話せるよ」

「ああ、そうだな」

ルナマリア義姉さんとミュディにも渡してあるから、帰っても話すことができる。

そう……兄さんたちの滞在期間は、もう間もなく終わる。

あと少しで、ビッグバロッグ王国に帰ってしまう。

「ここはいいところだ。休暇が取れればまた来たい。今度はヒュンケルも連れてな」

「うん。その時は歓迎するよ。その、ルナマリア義姉さんと兄さんの子供も一緒にね」

「なっ……!?」

ルナマリア義姉さんが赤くなった。ははは、俺だって言われるだけじゃない。言ってみたくなったのさ。

「まったく、ミュディの夫はなかなかやるようだ」

「へへ。ルナマリア義姉さん、明日を楽しみにしててね」

「ああ。そうさせてもらう」

リュドガ兄さんとヒュンケル兄は、未だ楽しそうに会話していた。

第二十一章　アシュトの結婚式

ついに、この日がやってきた。

「……よし」

早朝。農園の手入れに行こうとしたら、フレキくんに止められた。どうか今日だけは自分たちに任せてほしいと言われたので、お願いすることに。

なぜなら、今日は俺の結婚式。

ミュアちゃんとライラちゃんは朝食を作り、シルメリアさんは宴会場……いや、ここは披露宴会場と言っておくか。で、今日のパーティーの料理を明け方から銀猫総出で支度している。

ミュディたちはというと、昨夜は夕食もそこそこにすぐ寝てしまった。そして早朝から浴場に向かい、そのまま天使の経営するマッサージ店でメイクをしている。

俺はというと、普通に寝て普通に起きた。

朝の目覚めもスッキリしている。体調はバッチリ健康そのものだ。

部屋で軽くストレッチをしていると、ドアがノックされた。

「はーい」

「オレだ、起きているようだな」

「兄さん？」

「ああ。ミュアちゃんに頼まれてな、お前を呼びに来た」

「わかった、朝ごはんだね」

「ああ」

ミュアちゃんに頼まれ、リュドガ兄さんが俺を呼びに来る、か。

兄さんたちの滞在期間も残り少ない。今日の結婚式を終えた数日後に帰る予定だ。結婚式に参加してもらえるのは本当に嬉しい。

俺は普段着に着替え、兄さんと一緒にダイニングへ向かう。すると、ネコミミ少女とイヌミミ少女が、可愛らしいエプロンを着けて料理を運んでいた。ちなみにこのエプロン、ライラちゃんが作ったミュアちゃんとお揃いのエプロンである。

「にゃあ！　ご主人さま、おはよーございます！」

「わぅ！　おはよーお兄ちゃん！」

「おはよう二人とも。朝食の準備、ありがとうね」

「にゃう！　シルメリアにたのまれたからには、しっかりとおつとめをはたします！」

「わうん！」

ミュアちゃんも一人前になってきたな。そういえば、少し身長が伸びたかもしれない。ライラちゃんも同様だ。

さて、今日のメニューはコメと卵焼き、焼いた魚にスープだ。焼いた魚が香ばしいね。実に美味しそうだ。

「ご主人さま、おいしくできたとおもうの」

「うん、美味しそうだ。ミュアちゃんとライラちゃんも座って、みんなで一緒に食べよう」

「にゃう、いいの？」

「もちろん。マンドレイクとアルラウネの分も一緒に」

「くぅん……お兄ちゃん、ありがとう！」

ミュアちゃんたちの作った朝食は、とても美味しかった。

◇◇◇◇◇◇

顔も洗った、トイレにも行った、心の準備もできた。

俺は兄さんと一緒に、教会の準備室で着替えを済ませ、エンジェル族の女性が髪も梳《と》かしてくれた。俺の準備はバッチリだ。ちなみに、この準備室は新郎用の部屋である。

兄さんはしみじみと呟く。

「父上にも見せたかったな……」

「仕方ないよ。兄さん、王国に帰ったら父上とヒュンケル兄にたくさん話しておいてよ」

「わかってるさ。ヴァージンロードではあまり緊張するなよ」

ヴァージンロード。

赤い絨毯を敷き、その上をミュディたち花嫁が歩いてくる。俺は教会内で彼女たちを迎え、ともに愛を誓うのだ。

ミュディはルナマリア義姉さん、エルミナはエルミナパパ、ローレライはガーランド王、クラララベルはアルメリア王妃と共にヴァージンロードを歩く。一体、どんな感じなのか……そわそわする。

住人や参列者たちは、花嫁たちをどう見るのかな……気になることがたくさんある。

「アシュト、オレも着替えて準備する……繰り返すが、緊張はするな」

「は、はは……さすがに無理だよ」

兄さんは、クスッと笑って出ていった。

結婚式開始までもう間もなく。俺はひたすら緊張していた。

外の様子はどうなってるかな？　来賓たちはディアーナが中心になってもてなしてるから大丈夫。

披露宴会場ではシルメリアさんが中心になって準備している。ドワーフたちも自慢のヒゲを櫛で梳かしていたな。ハイエルフたちも正装に着替え、ブラックモールたちもおめかししてた。

「あ・しゅ・と・くん♪　ふぅっ」

「うおぁっひゃぁぁぁぁぁぁぁぁっ!?」

「うふふ、こんにちは♪」

「し、シエラ様……」

いろいろ考えていたら、シエラ様がいきなり現れ、俺の耳に息を吹きかけた……って、シエラ様の格好、なんか胸元が際どいドレスなんですけど。

「今日は楽しませてもらうわ。私の席はあるかしら？」

「も、もちろんです！　その」

「大丈夫。緊張しないでしっかりやりなさい。ね？」

「は、はいっ！」

「ふふっ、お姉さんが見守ってるからね♪」

「………」

シエラ様は、にっこり笑って部屋を出た。

いつもと変わらずに俺をからかいながら、俺を激励してくれた。

変な感じだが、俺は母親が息子へ注ぐような愛情を感じた……気がした。

「……っよし！」

結婚式は、もうすぐ始まる。

◇◇◇◇◇

「緊張していますか？」

「……はい」

教会の祭壇にいる神父役のエンジェル族、カシエルさんに聞かれたのでそう頷く。

彼は俺専属のマッサージ師だが、こういうこともできるらしい。さすが天使と言うべきか。

ちなみに、神父役にアドナエルが立候補したが却下した。ディミトリの視線もあったし、なんかノリがちょっと付いていけなかったから……

聞けば、エンジェル族はこういう式をやるのも得意らしい。美容に菓子作りに婚姻関係……幅が広いなぁ。

カシエルさんを選んだのは、俺のイメージする神父にピッタリだったからである。もちろん、ミュディたちも賛成してくれた。

本人は恐縮していたが、人選は間違っていなかった。

「アシュト様、ゆっくりと息を吸って……吐いて」

「すぅ～……はぁぁ」

小声で、俺を励ましてくれるカシエルさん。にこやかな笑顔はまさに天使だ。

すると、外が騒がしくなった……どうやら、新婦たちが来たようだ。

ミュディたち新婦は、教会近くにある特別室で着替え、そこから敷いた絨毯の上を歩いてくる。

その両サイドは住人たちが固め、祝福の言葉を受けながら教会に入るのだ。

「き、きた」

ワーワーと、祝福の声が聞こえてくる。

「おめでとう！」

「みんな綺麗だよ！」

「お幸せに！」

俺は振り返り、教会入口の方を向く。

教会内の席には、リュドガ兄さんやシェリー。ルシファーやディミトリ。アドナエルとイオフィエル。ロザミアさんやギーナ、シード。ジーグベッグさん、ワーウルフ族の長、村の種族代表や来賓が座っている。

そして——

「おぉ……」

時間が、止まったような気がした。

「ミュディ……」

ルナマリア義姉さんと一緒に教会に入ったミュディ。

純白のドレス、肩をむき出しにして背中も露出した大胆な格好だ。でも、清楚なミュディに映え、とても美しい。金色の長い髪をまとめ、エルダードワーフがこの日のために作った装飾品を身に付ける姿は、高貴な印象を感じた。

「ローレライ……って、ガーランド王」

ガーランド王と腕を組んで現れたローレライ。だが、ガーランド王が号泣しながら歩いていた。

クリーム色のドレスで胸元が大きく露出している。でも、ローレライにはよく似合っている。可愛いというか綺麗な……同い年なのに年上のお姉さんにも見えるから不思議だ。

「クララベル……ふふ」

ニコニコ笑顔で来たのはアルメリア王妃と腕……いや、手を繋いでるクララベルだ。

子供っぽい銀色のドレスだ。ローレライと違い、可愛らしさを追求したようなデザインだが、クララベルにはよく似合っている。というか可愛い。

「エルミナ……すげぇな」

エルミナパパと腕を組んで現れたエルミナ。

こちらはドレスと言うより民族衣装と言うべきか。エメラルドグリーンに輝き、木の蔦や葉っぱ、小石を加工したアクセサリーを身に付けている。頭には葉の冠を……あれ？　あの葉っぱってもしかして、ユグドラシルの葉か？　それに、エルミナから魔力が感じられる……そっか、あのドレスに魔力を通わせることでエメラルドグリーンに発光させているのか。

新婦が全員揃い、祭壇の前に並ぶ。

すごい光景だった。まるで、おとぎ話のヒロインが本から飛び出し、俺の前に並んだような光景……ああもう、すごいとしか言えない。

こうして、結婚式が始まった。

◇◇◇◇◇◇

緊張して、カシエルさんが何を言ってるかよくわからない。

ミュディたちの顔もまともに見れず、式は順調に進む。

俺は何度も唾《つば》を呑《の》んだ。ゴクリと音を立てているのが丸聞こえだ……ミュディたちは平然としてるのによ。

「それでは、『祝福の矢』を」

カシエルさんが言うと、近くに待機していたハイエルフ女子たちが、俺たちに弓と矢を渡す。

やることは簡単。ユグドラシルの枝で作られた弓と矢を、天に向かって放つだけ。ユグドラシルの祝福を受けた矢は天に向かって飛び、夫婦に永遠をもたらすであろうと伝わっている。

だが、ここは教会の中。天に向かって射ることはできない……なんてことはない。エルダードワーフの建築物に不可能なんてないのだ。

「よっしゃ、開けるぞ！」

「「「「オウ!!」」」」

アウグストさんの掛け声で、ワルディオさん、ラードバンさん、マディガンさん、マックドエルさんの五人、この村に最初に来たエルダードワーフたちが、教会外に設置されたハンドルをぐるぐる回す。すると、教会の上部がゆっくりと開閉した。

あらゆる種族の式に対応する。それがこの教会のコンセプト。

「みんな、いくぞ」

俺は矢をつがえ、雲一つない青空に掲げる。

ミュディたちも同じように構えると、カシエルさんが言った。

「大樹ユグドラシルの祝福を！」

「「「「ここに、永遠を誓う」」」」

俺たちは、同時に矢を放った。

軽い弓なのに、矢は遥か上空に飛んでいく。その様子を見守っていると、予定にない出来事が起こった。

『ワオォーーーーーーーーーーン………』

シロの遠吠えだった。

外にいたシロの遠吠え。小さいながらも、ユグドラシルの守護獣としての祝福だ。

俺はあとでシロを思いきりナデナデしようと誓う。

弓をハイエルフに返し、次は外に出てドラゴンロード龍騎士団による『祝福の飛行』が執り行われる予定だ。ミュディたちはそう聞いている。

俺はカシエルさんに頷いた。

「ここで、指輪の儀を執り行います」

「え……？」

ミュディの驚いた声が聞こえた。

ミュディだけじゃない、みんなも驚いている。そりゃそうだ、だって予定にないはずだからな。

結婚指輪は、本来なら貴族の結婚式だけで送られる。平民の結婚式は教会で祝福を受けて終わりなのが通例だ。ミュディたちも、指輪の話は一切しなかったし、ドラゴンロード王国では指輪の儀はない。ハイエルフも知らないだろう。

俺の自信に満ちた笑みでみんな察したのだろう。

指輪が入った木箱を四つ、トレイに載せて運んできたのは、この日のためにドレスを作ってもらったミュアちゃんとライラちゃんだ。二人とも少し緊張しているが、二人でトレイを運んで俺のもとへ。

「にゃう」

「わう」

「ありがとう」

ミュアちゃんとライラちゃんにお礼を言う。

俺はさりげなく、ブラックモール族のポンタさんが座る席を見ると、指輪を見て手をパタパタさせていた。なにあれめっちゃ可愛い。

「アシュト……」

「サプライズだよ」

ミュディの左手を取り、薬指に指輪を通す。

アレキサンドライト鉱石で作られた指輪は、光を浴びると虹色に輝く特性を持っている。祝福の矢で天井が開いたままなので、光を浴びた指輪はキラキラと輝いていた。

「素敵……」

「似合ってる」

ローレライは、指輪を見て目を潤ませた。

「わぁ……」

「いいだろ？」

「うん！」

クララベルも喜んでくれた。よかった。

「すっご……わ、私に似合うかな」

「似合ってるよ、当たり前だろ？」

エルミナは心配そうだ。でも問題ない、似合っている。

俺は、教会の後ろの席でキャッキャしてるメージュたちに軽く頷く。すると、メージュたちは

「やったぜ！」と言わんばかりにはしゃいでいた。

指輪の儀、サプライズ大成功！

◇◇◇◇◇◇

教会内の儀式は終わり、俺たちは外へ出た。

外に出ると、大勢が俺たちを祝福してくれた。

「おめでとうございます！」

「おめでとうございます叔父貴《オジキ》！」

「おめでとうなんだな！」

『おめでとうアシュト！』

「まんどれーいく」

「あるらうねー」

「おめでとうございます、ご主人様」

「おめでどどぉぉぉあぁぁぁぁぁ〜〜！」

もう、とにかくたくさんの「おめでとう」を受け取った。

歓声に包まれ、俺たちは笑顔で手を振る。すると、上空に龍騎士たちが隊列を組んでいたのが見えた。

数人の龍騎士たちは楽器を持ち、ラッパと太鼓で演奏を始める。その音にみんなが上を向いた。

そして、龍騎士による祝福の飛行が始まった。

「おお、すっげぇ……」

「あ、パパとママ！」

クララベルが指差したのは、漆黒《しっこく》の翼龍と銀色の翼龍が、空中で仲良くダンスを踊っている光景だった。

互いに漆黒と銀色のブレスを吐くと、ブレスが絡み合い光となって降り注ぐ。龍騎士たちも楽器を鳴らし、ドラゴンの姿になったガーランド王とアルメリア王妃と並んで空中で踊る。

「綺麗……」

「うん……こんなの初めて見た」

ミュディも魅入っている。住人たちもドラゴンの舞踊から目が離せないようだった。

そして……美しきドラゴンの舞は、終わりを迎えた。

住人や来賓たちは拍手喝采《はくしゅかっさい》。ドラゴンロード王国に伝わる祝福の飛行は幕を閉じる。

さて、これで結婚式は終わり、次は披露宴だ。

「アシュトくん」

「うおっ、シエラ様？」

「ふふ、おめでとう」

いつの間にか、俺たちの近くにシエラ様がいた。

深い緑のドレスを着て、いつもと変わらない笑みを浮かべている。

「お姉さんからもプレゼント♪」

「え？」

「ふふっ♪」

シエラ様は、指をパチッと鳴らした。

すると、教会周囲に自生していた木々に桃色の花が咲き誇ったのである。

そんな馬鹿な。教会周囲の木々は村の住居にも使われている『フィバの木』だ。花が咲くなんてあり得ない！

どこからか風が吹くと、花弁が一気に舞い、桃色のフラワーシャワーとなって降り注ぐ。

「わぁ～……すっごい！」

エルミナだけじゃない、この夢のような光景に誰もが心奪われた。

もちろん、俺も。

「シエラ様、ありがとうございます」

「ふふ♪」

シエラ様は、とても優しい顔で微笑んだ。

◇◇◇◇◇◇

披露宴の会場を移動する途中、俺はシェリーを呼び止めてこっそり移動の列から抜け出した。

「なに、どうしたのお兄ちゃん？」

「実はお前に渡すものがあってさ」

そう言って俺は木箱を取り出した。中には、ミュディたちに渡したのと同じ、アレキサンドライトの指輪が入っている。

指輪を見て、シェリーは目を見開いた。

「お兄ちゃん、これって……」

「もうだいぶ前になるけど、俺が『何があってもお前の傍にいる』って言ったこと、覚えてるか？」

「……うん、もちろん。お兄ちゃんがミュディにプロポーズした日でしょ」

「その気持ちを形に残したいと思って、ミュディたちと同じ指輪をお前にも作ったんだ。俺はこの先何があっても、ミュディやエルミナやローレライやクララベルと同様に、お前を絶対に守る」

「……」

「だからさ、もしよければ受け取ってくれないか？」

「……」

シェリーは返答の代わりに、左手を差し出した。

俺はその薬指に指輪をはめる。

しげしげと指輪を眺めるシェリー。薄いブルーのドレス姿だ。スカートは短く、やや露出が多い。でも、シェリーの雰囲気と合わせてものすごくマッチしている。化粧やアクセサリーも合わさり、いつものシェリーと違った雰囲気だった。

そんなシェリーを見て、ふと心に浮かんだことを素直に口にする。

「シェリー」

「……なに？」

「そのドレス、素敵だぞ」

俺はなんだか照れ臭くなって、シェリーの反応を見ずに移動の列に一人で戻った。

◇◇◇◇◇

教会から会場を変え、披露宴が始まった。

ミュディたちもお色直しをして、清楚系から華やか系のドレスに代わり、ハイエルフ女子や（いつの間に仲良くなったのか）村に出向に来ているデヴィル族やエンジェル族の女子たちとワイワイキャッキャと騒いでいた。

俺は来賓に挨拶しながら、ちびちび酒を飲む。

「アシュト、こんなに楽しい式は初めてだよ！　新年会を超えてきたね！」

「そうかい。あ、酒ありがとな」

声をかけてきたのはルシファーだ。

ワイングラス片手に俺のところへ来て、ベルゼブブ産の高級ワインを注いでくれる。

披露宴始まりの挨拶をルシファーにしてもらったけど、喋りがうまく、任せてよかったと思う。

「今日からアシュトは正式な妻帯者かぁ……ねぇアシュト、ディアーナを娶《めと》る気はないかい？」

「お前な、今日結婚式挙げたばかりだぞ」

「いいじゃないか。それで、どうだい？」

「いきなり言われても……あ」

「ん？」

ルシファーの背後に、炎の幻影が見えそうなくらい迫力のある笑顔のディアーナがいた。

「お兄様？　少しお話があるのでこちらへ……」

「あ、いや、その」

「アシュト様、失礼いたします」

「は、はい」

ルシファーは、ディアーナに連れていかれた……怖いな。

さて、他のテーブルは……あ、エルミナパパとママが、ジーグベッグさんとお酒を飲んでいる。

よし、もう一度ちゃんと挨拶するか。

「お、アシュトくん。まぁまぁ、座りたまえ」

「はい、失礼します」

「さぁさぁ、アシュト殿、今日は楽しみましょうぞ！」

「はい。ジーグベッグさんもどうぞどうぞ」

「おお、かたじけない」

「父さん、あまり飲みすぎるなよ？」

「やかましいわい！　わしはもう十分生きた。孫娘の晴れ姿も見られたし悔いはない……うっ、っぐぅぅっ！」

「あらあら、お義父《とう》さんったら、もう泣くの何度目かしら」

エルミナママはハンカチを取り出し、ジーグベッグさんの顔を優しく拭う。

「父さん、エルミナの結婚式を見ただけで満足なのかい？　これから子供も生まれるかもしれないんだ。抱っこしてみたくならないか？」

「はっ……そ、そうか。孫の子供……おぉぉ、さすがじゃエミリオ！　さすがわしの息子！」

「ふふ、お義父さん、元気になったわね」

「ああ。アイメラ、新しい酒を頼む」

「はーい♪　ささ、エルミナちゃんの旦那様も」

「い、いただきます」

ジーグベッグさんはワインをガブ飲みし、『孫の子供、エルミナの子をこの手で抱っこ〜♪』と歌い出し、そのまま酔い潰れてしまった……この爺さん、最古のハイエルフなんだよな？

「アシュトくん、エルミナをよろしく頼むよ」

「うちのエルミナちゃんをよろしく♪」

「は、はい！」

エルミナママに注がれたワインを、俺は一気に飲み干した。

◇◇◇◇◇◇

外では、新年会の時以上に巨大な魔獣が丸焼きになっていた。教会に匹敵する大きさの水牛……なのか？　俺の知る水牛はツノが五本も生えていないし、牙も生えていない。

下処理を済ませ、豪快に丸焼きになっている水牛は水飴のようにテカテカしており、銀猫のマルチェラが巨大包丁で肉を切っている。なんとも美味そうだ！

肉の下にはキッチンが併設され、そこでさらに焼くみたいである。取り分けを待つ住人がたくさん並んでいるが、一番多い種族はハイエルフだった……森の民なのに肉食ばかりだな。

『アシュト、おにく食べるの？』

『おお、アシュトかっこいい』

「ん、フィルにベル。お前たちも肉を食べるのか？」

ハイピクシーのフィルとベルが、俺の肩に座った。

外の一角では、ウッドやフンババ、ベヨーテが日光浴しながらハイピクシーたちと遊び、身体を丸めたセンティは大量のリンゴをむしゃむしゃ齧っていた。あいつらも楽しんでいるようだ。

『アシュト、わたしもアシュトの奥さんになってあげよっか？』

「はは、ありがとな。フィル」

『ベルもいいよ？』

「はいはい。ありがとう」

『えへへ、あ、果物みっけ！』

フィルたちはふわふわと俺の周りを飛び、果物が置いてあるテーブルに飛んでいった。

あいつらも自由だなぁ……っと、肉、肉。

「あ、村長！」

「おにーたん！」

「ノーマちゃん、エイラちゃん」

皿を持ったノーマちゃんとエイラちゃんだ。新年会の時もこんな風に並んでいたな。

お目当ては水牛のステーキで間違いないと思うけど……まさか、また脳味噌を食べるんじゃ。

「この牛、お父さんとおじさんが狩ったんだよ。二人ともすっごく張り切ってさぁ」

「そうなんだ……あ、バルギルドさんたち、兄さんと一緒に酒飲んでる」

屋外に設置した自由席で、肉を齧りながら酒を飲んでいるバルギルドさんとディアムドさん、それに付き合うリュドガ兄さんだ。兄さんにすっかり懐いたキリンジくんもいる。

テーブルには空瓶が大量に並んでいるが、三人は酔っているように見えない。ああ見えてリュドガ兄さんは底なしだ。並の酒豪じゃないんだよなぁ。

「村長村長、改めて……結婚おめでとう！」

「おめでとーおにーたん！」

「ありがとう、二人とも。今日はいっぱい飲んで食べて騒いでくれ」

「もっち！　えへへ。村長の村に来てから、楽しいことばっかりだよ！」

「うん！　おにーたん、わたしもおにーたんとけっこんするー！」

「あはは、ありがとねエイラちゃん」

エイラちゃんの頭をなでなでする。二人とも楽しそうだ。

ノーマちゃんは、にこにこしながら言った。

「じゃ、『水牛のステーキ・脳味噌ソースがけ』食べよっか」

「…………」

ドロドロにした水牛の脳味噌ソースをかけたステーキの味は……まぁ、お察しください。


その後も会場を回り、いろんな人たちに挨拶した。

ロザミアさん、ギーナにシードは再びムァダイを持ってきたし、ディミトリとアドナエルは贈り物合戦で俺の機嫌を取ろうと必死だし、ドワーフたちやブラックモールたちは一人一人祝言をくれた。もちろんハイエルフたちも。

ミュアちゃんたちはスィーツコーナーに張り付いて甘いものを食べまくり、シルメリアさんにこってり絞られていた。まぁ今日くらいはと許したのか、一緒にケーキを食べ始めていたからほっこりしたけどね。途中でルナマリア義姉さんも混ざり、子供たちを抱っこして撫でまくっていた。

サラマンダーは、小さな赤ちゃんトカゲを抱っこしながら肉を食べ、俺に挨拶してくれたし、銀猫たちは忙しそうに働いていたが、俺を見ると頭を下げて言葉を送ってくれた。

俺は、俺たちは、愛されている。

自分のテーブルに戻ると、愛しの妻たちが揃って食事をしていた。

「あ、アシュト」

「ほら、座んなさいよ」

「お兄ちゃん、お酒は白ワインでいい？」

「甘いものもあるわよ？」

「お兄ちゃん、ケーキおいしいよ！」

みんな、素敵だった。ドレスに指輪をはめ、俺に笑顔を向けてくれる。

この笑顔を守る、守らなきゃならない。

「ふふ、アシュトくん♪　男の子の顔ねぇ」

「え、し、シエラ様？」

「ほら、席に座って、みんな待ってるわよ」

「……はい」

シエラ様に背中を押され、俺は自分の椅子に座る。

シェリーがワインを注ぎ、改めてグラスを掲げる。

「今日、この日に……乾杯」

「「「「乾杯」」」」

チン、とグラスが合わさり、注がれたワインが静かに揺れた。

俺はシエラ様に視線を向けるが……

「……やっぱりな」

そこには、誰もいなかった。

神出鬼没のお姉さんは、俺にとって母のような存在だ。俺を助け、導いてくれる、大事な人だ。

ま、今日は楽しもう。シエラ様もきっとそれを望んでいる。

◇◇◇◇◇

披露宴は終わったが、宴会はまだ続いている。たぶん、朝まで続くだろう。

俺たちは一足先に家に戻ってきた。疲れていたが、俺の心臓は暴れている。

「………………ど、どうしよう」

新婚初夜。急にその実感が湧いてきた。しまった、勉強不足だ。こういう時どうすればいいんだ。

とりあえず寝間着に着替え、水を一気飲みして――

「……そ、そうだ！」

俺は『鈴鳴りの花《リンリン・ベル》』を取り、迷わず念じた。

『はいよー』

「ひゅ、ヒュンケル兄？　た、たすけてほしいんだ！」

『……落ち着けよ、声裏返ってるぞ？　何があった？』

「あ、あの……その、今日は結婚式で、その、家に戻ってきて、その、夜で」

『…………ああ、わかった』

ヒュンケル兄は察したのか、小さく息を吐く。

『順番は決まってるのか？』

「え、いや、わかんない」

『そうか……じゃあ、そのまま部屋で待ってろ。風呂は入ったか？』

「い、いちおう」

『お前の覚悟は決まってるのか？』

「…………ぅん」

『よし、あとは……いいか、優しくだ。いいな？』

「や、やさしく」

『ああ。お前はとにかく相手を気遣え。で、優しく……まぁ、いつも通りにやれ』

「い、いつも通りって、やったことない」

『そ、そうか。ともかく、普段のお前ってことだ。変にカッコつけなくていい』

「う、うん、わかっ」

――コンコン。

蚊の鳴くような、小さなノックがあった。心臓が胸を突き破るかと思った。

『ん、どした？』
「……き、きた」
『幸運を祈る。じゃあな』
切れた。同時に、もう一度小さくドアがノックされた。
花を戻し、慌ててドアを開けると。
「こ、こんばんは」
ミュディがいた。
俺は、緊張しながらミュディを部屋に招き入れた。
……………
……………
……

第二十二章　兄と姉、弟と妹、そしてミュアちゃん

結婚式の数日後。式の片付けも終わり、いつもの日常が戻ってきた。

来賓の人々はしばらく村でのんびり過ごしてから帰るらしい。俺は仕事を再開しようかと思ったが、結婚式の準備疲れが残っているだろうからしばらく休めとフレキくんに言われてしまった。

たぶん、フレキくんなりに気を遣ってくれたんだろう。遠慮なく甘えることにして休んでいる。部屋でのんびりしていると、ドアがノックされた。

「にゃう。ご主人さま、お茶の用意ができましたー」

「おお、ありがとう。ミュアちゃん」

ミュアちゃんは、ティーカートを押して部屋の中へ。すっかり慣れた手つきでカーフィー豆を挽《ひ》き、可愛らしいネコカップに注いでくれた。

さっそく一口……うん、おいしい。少し苦みが強く、俺好みだ。

「にゃあ……おいしい？」

「うん。すっごく美味しい……ありがとう、ミュアちゃん」

「えへへ。うれしいー」

ミュアちゃんは尻尾を揺らし喜んでいた。かわいいなぁ……

再びドアがノックされる。

「お兄ちゃん、いるー？」

「シェリー？　どうした、何か用か？」

「うん。ミュディとルナマリア義姉さんがお弁当作ったの。今日は外でランチにしない？　リュウ兄も誘ってるし、たまには兄と姉と妹と弟の水入らずで！」

「へぇ、いいな。ミュディのお弁当かぁ……」

「それに、リュウ兄たち、もう少しで帰っちゃうしね……」

「うん……よし！　じゃあ行くか」

「うん。場所はアスレチック・ガーデンのある湖ね。リュウ兄、帰る前に挑戦してみたいってさ」

「ははは。兄さん、子供みたいだな」

シェリーとミュアちゃんを連れて外へ出ると、リュドガ兄さん、ルナマリア義姉さん、ミュディがいた。ミュディの手には大きなバスケットが握られている。

「お待たせ。お兄ちゃんを連れてきたよー」

「今日はいい天気だよ。アシュト、お弁当いっぱい作ったから、のんびりしようね」

ミュディが微笑む……う、ちょっと恥ずかしいな。結婚式後の記憶が蘇《よみがえ》る。

リュドガ兄さんとルナマリア義姉さんは仲良く寄り添っている。ああ、夫婦なんだなぁ。

「はぁ～……ミュディ、バスケット貸して」

「え？」

「いいから、ほら！」

「わわ、シェリーちゃん？　……あ」

ミュディは、リュドガ兄さんとルナマリア義姉さんを見た。そして俺を見て、恥ずかしそうに近付いてくる。そして、俺の腕をそっと抱いた。

「え、えへへ……なんか照れるね」

「う、うん……あ、あはは」

「ふふ。初々《ういうい》しいな、ルナマリア」

「ああ。だが、似合っている……うんうん」

ルナマリア義姉さんは感慨深げに頷いている。

シェリーはコホンと咳払いをして言う。

「さ、そろそろ行こっか。天気もいいし、少しでものんびりしなきゃ！」

そう言って歩きだす。

俺もミュディと並んで歩きだしたところで……リュドガ兄さんが言った。

「ミュアちゃん。きみも一緒に来るかい？」

「にゃう？　……でも、ご主人さまのじゃまになるから」

しまった。ミュアちゃんを忘れていた……ミュディに気を取られすぎた。

少し悲しげに俺たちを見送ろうとするミュアちゃんに気付いたリュドガ兄さんは、ルナマリア義姉さんから離れミュアちゃんに近付き、その頭を撫でた。

「大丈夫。さぁ、一緒に行こうか」

「うにゃっ⁉」

そして、リュドガ兄さんはミュアちゃんを抱っこし、そのまま肩車した。

「にゃうー！」

「はは、オレに子供ができたら、こんな風にして抱き上げるのが夢なんだ。ミュアちゃん、悪いけど練習台になってくれないか？」

完全に兄さんのペースだった。俺の失態を兄さんがカバーしてくれた。

俺はミュディと頷き合い、ミュアちゃんに言う。

「ミュアちゃんも一緒に行こうか。今日はいい天気だし、みんなでのんびりしよう」

「にゃあ……いいの？」

「もちろん。な、ミュディ」

「うん。お弁当いっぱいあるし、ミュアちゃんにも食べてもらいたいな」

「にゃう……じゃあ、行く！」

ミュアちゃんはリュドガ兄さんと肩車をしたまま、可愛らしく微笑んだ。

◇◇◇◇◇

ミュアちゃんは、兄さんに肩車され上機嫌だった。

「にゃんにゃんにゃにゃ～んっ！　すすめー！」

「あはは。よーし、行くぞーっ！」

「にゃうーっ！」

兄さんはいきなり走りだした。シェリーに背中を押されたので、俺も走る。

「兄さん待った！　くっそ速い……っ!?」

「ははは。追いつけるものなら追いついてみろっ！」

「くっ……ミュアちゃんを抱っこした今の兄さんになら俺にだって追いつける！」

伊達《だて》に薬師をやっていない！　オーベルシュタインの過酷な環境で暮らしていた今の俺なら、きっと追いつける！

「おぉぉぉぉっ！」

「む、来たな。さぁミュアちゃん、スピードを上げるぞっ！」

「にゃぁぅーっ！」

兄さんはすごい速度で走り去った……よく考えたら、オーベルシュタインの過酷な環境とか薬師には関係ないわ。むしろすごく快適に生活してます。運動とかあんまりやってない……がくっ。

「リュウ兄、あんなに子供っぽかったっけ？」

「アシュトも、すっごく楽しそう」

「ふふ、男兄弟とはいいものだな。ミュディ、私たちもやるか？」

女性陣は楽しそうに笑っていた。

その後、兄さんとミュアちゃんは湖に到着。ミュディたちものんびり歩いて到着し、へとへとになったのは俺だけ……すっげぇ疲れた。

アスレチック・ガーデンのある湖には、大きなロッジやバーベキューが楽しめる設備が整っている。ロッジを利用するのもいいが、今日は大きなシートを森の近くに敷いて、そこでのんびり過ごすことにした。

さっそくシェリーとミュアちゃんがシートを敷き、全員で座る。

「リュドガさん、アシュト、いっぱい走って疲れたよね。すぐにお茶淹れるね」

ミュディの優しさが沁《し》みる。

ミュディは、持参したポットのお茶をカップに入れ、俺と兄さん、そしてシェリー、ルナマリア義姉さん、ミュアちゃんに渡した。

さっそく飲む……おお、紅茶だ。しかもレモンティー……美味しい。

「美味い。さすがミュディだな」

「えへへ。ありがとうございます」

兄さんに褒められ照れるミュディ。そして、バスケットから包みを取り出し広げた。

「クッキーも焼いたんです。ちょっと焼きすぎちゃったので、いっぱい食べてくださいね」

完璧すぎる……さすがミュディ。

ミュアちゃんはクッキーをもぐもぐ食べ、ルナマリア義姉さんが撫でると甘えだした。

「にゃぅぅ……もっと撫でて」

「ああ。ふふ……可愛いな」

兄さんもルナマリア義姉さんも、子供大好きだな。子供が生まれたら溺愛《できあい》しそう。

まぁ、俺も人のことは言えないけど。

ミュアちゃんはルナマリア義姉さんに撫でられ、そのまま膝枕をすると寝てしまった。

兄さんは立ち上がり、シェリーに言う。

「さてシェリー、アスレチックとやらで遊ぼうじゃないか」

「お、あたしを誘うとはわかってるね、リュウ兄。じゃあ行こっ！」

兄さんとシェリーはアスレチックへ。

「わたし、編み物をやるね。アシュトとお姉さまは？」

「俺、読書する。本を持ってきたんだ」

「私も読書だ。図書館で借りてきた恋愛小説が面白くてな……」

「へぇ、どんなのです？」

「見せてもいいが、恋愛小説を読むのか？」

「ええ。いろんなジャンルがあるし、普段は読まない本も読んでます」

時間は無限近くあるしな。ルナマリア義姉さんは笑みを浮かべる。

「ふふ、義弟《おとうと》とは趣味が合いそうだ。ミュディ、いい夫を迎えたな」

「お、お姉さまだって。リュドガさんみたいな素敵な旦那様が」

うーん……姉妹仲がいいのはいいことだ。そう思いつつ、俺は本を読み始めた。

◇◇◇◇◇

それから一時間……兄さんとシェリーが戻ってきた。

「いやぁ疲れた！　まさか魔法でこんなものが作れるとは……ふむ、騎士の訓練場として使えるかも。これだけ全身を使う遊びはそうはない。フル装備で挑めばいい鍛錬に……」

「リュウ兄、仕事の話はやめなって」

「む、そうだな。っと……」

リュドガ兄さんのお腹が鳴った。ルナマリア義姉さんはくすっと笑い、ミュディはバスケットを取り出す。

「そろそろお昼にしましょう。シェリーちゃんもリュドガさんもお腹減ったみたいだし」

「りゅ、リュウ兄はともかく、あたしは別に！」

「嘘つけ。お前、腹鳴ってたぞ？　リュドガ兄さんとほぼ同じタイミングで」

「〜〜〜っ！　お兄ちゃんの馬鹿！」

「え、なんで？」

「アシュト。お前は女の子の気持ちをもっと考えろ……っと、起きたか」

「にゃぁあ……くぁぁ」

ミュアちゃんは大欠伸した。尻尾がぴーんと立ち、ネコミミがぴこぴこ動く。そして、ルナマリア義姉さんから離れ、俺に抱き着いた。

「ご主人さまー……撫でてぇ」

「よしよし、いっぱい寝られたかな？」

「ごろごろ……にゃぅぅ」

喉をゴロゴロ鳴らすミュアちゃんは可愛い。

ミュディはバスケットを広げ、再び紅茶を淹れる。バスケットの中身は、色とりどりのサンドイッチだった。デザートにカットしたセントウや村で収穫した果物のシロップ漬けもある。

ミュディはミュアちゃんに頼み、全員におしぼりを配った。

「じゃあ、食べましょうか」

ミュディ……この笑顔、癒されるわぁ。

全員で「いただきます」をして、サンドイッチに手を伸ばす。

俺が選んだのは、ビーフサンドイッチ。塩気のある肉汁がパンに染み込んで美味しい。

「うまい！　さっすがミュディだな！」

「えへへ。あ、こっちのタマゴサンド、お姉さまが作ったの」

「ほう。そちらはオレがいただこう」

「あ、あたしも食べる！」

「にゃあ。わたしもー」

サンドイッチはすぐになくなり、デザートのシロップ漬けもほどよい甘さで美味しかった。

最後に、食後の紅茶を飲みながらまったりする。

「はぁ……実にのんびりした日常だな」

リュドガ兄さんは、湖を眺めながら言う。

シェリーはごろんと寝転がり、リュドガ兄さんの太ももを枕にした。

「リュウ兄、仕事を辞めてここに住んだら？」

「……ふ、それもいいな。だが……無理だ」

「……言っただけ。ちょっと本気だけどね」

シェリーは少し残念そうに言う。

ルナマリア義姉さんは、空を見上げて言った。

「ここは素晴らしいところだ。ふふ、魔境とか死の森と呼ばれた未開の地に、こんな素晴らしい景色が広がっているとは……」

「お姉さま。またいつでもいらしてください」

「ああ。そうさせてもらおう」

俺はミュアちゃんと一緒に横になった。

ミュディ、シェリーも横になり、ルナマリア義姉さんと兄さんも横になる。

大きな木が日差しを柔らかくしている。水の音が聞こえ、心地よい音が眠気を誘う。

「にゃあう……」

ミュアちゃんの鳴き声が聞こえ……俺たちは眠りについたのだった。

第二十三章　また会える日まで

湖のピクニックを満喫した数日後。

楽しい時間はあっという間に過ぎてしまう。俺は朝からため息を吐いた。

「はぁ～……今日は兄さんたちが帰る日かぁ」

俺は着替え、ダイニングへ向かう。俺以外全員揃っていた。もちろん、リュドガ兄さんやルナマリア義姉さんも。

「おはようございます。ご主人様」

「おはよーございます、ご主人さま！」

「おはよう。今日も元気だね、ミュアちゃん」

「にゃあ！　今日もがんばるの！」

「よしよし、がんばってね」

「ふにゃあ……」

ライラちゃんたちは使用人の家で朝食かな。まぁ、この人数だったら銀猫二人で大丈夫。

朝食を終えると、兄さんとルナマリア義姉さんが、荷物を玄関に運び始めた。

今日、二人はビッグバロッグ王国に帰る。

兄さんたちの荷物の中には、セントウ酒や村で作ったワイン、ヒュンケル兄に渡すお土産が入っている。来た時の二倍以上の荷物量だ。

荷物は、家に来た龍騎士たちに運んでもらい、兄さんたちの支度は整った。

帰るまで、まだ少し時間がある。

「はぁ……夢のような時間だったよ。こんなに楽しく過ごせたのは初めてだ。なぁ、ルナマリア」

「ああ。本当に、ここはいい村だ……リュドガ、全てを捨ててここで暮らすというのはどうだ？　アイゼン様やヒュンケルも連れて、自由に生活するというのは……」

「よせ、その考えを持たないようにするのは、かなりきつい」

「ふふ、冗談だ」

たぶん、冗談じゃない。そんな気がした。

ミュディは、ルナマリア義姉さんに抱き着いた。

「お姉さま……また来てください。わたし、待ってます」

「ああ。ミュディ……どうか幸せに。それと、お前もたまにはビッグバロッグ王国に帰ってこい」

「はい……」

シェリーは、リュドガ兄さんに抱き着く。

「リュウ兄ぃ……」

「シェリー、元気でな」

「リュウ兄も、ルナマリアさんに迷惑かけちゃダメだよ？　それと、何かあったら連絡してね」

「ああ。必ず」

二人には、『鈴鳴りの花《リンリン・ベル》』を渡してある。これならいつでも連絡できるし、声しか聞けないけど寂しさはぐっと減る。時間があればビッグバロッグ王国に帰ることだってできるだろう。

「エルミナ、ローレライ、クララベル……アシュトをよろしくお願いします」

「はい、リュドガ義兄さん。どうかお元気で」

「わたし、お兄ちゃんと頑張る！　二人も、赤ちゃんできたら教えてね！」

「ま、楽しかったわ。アシュトのお兄さんとは思えないくらいしっかりしてるしね！」

エルミナが一言余計だったが、みんな別れを惜しんでいる。

俺は、自室の壁に飾ってあった、俺には使い道のないモノを兄さんに差し出す。

「兄さん、これ……俺からの結婚祝い」

「……これは、剣か？」

「うん」

兄さんは、エルダードワーフが作ったオリハルコン製の剣、『虹神剣《こうじんけん》ナナツキラボシ』を抜き、目を見張る。

「これは……」

「これは、兄さんが持つべきだ。この剣を作ったドワーフにも許可をもらったよ」

「まさか、この虹色の輝き……オリハルコンか？」

「うん。混じりもののない、純粋なオリハルコンの剣だよ」

「……ふ、『バカな』と驚きたいが、この村では当たり前なのだろう。これほどの名剣、ビッグバロッグ王国で抜刀しようものなら、国中が騒ぎになるぞ」

「あはは。使い方は兄さんに任せるよ」

兄さんは剣を鞘《さや》に納め、俺と向き合った。

「ありがとうアシュト、また来るよ。今度は……家族も連れて」

「うん。いつでも大歓迎だよ、兄さん」

兄さんと俺は抱擁《ほうよう》し、家族の愛を確かめ合う。

どんなに離れても、絆は変わらない。むしろ、今回の件でより深まったと思う。

リュドガ兄さん、ルナマリア義姉さん、また来てね！

第二十四章　ありふれた日常という幸せ

兄さんたちがビッグバロッグ王国に帰って十日……村は、いつもの日常を取り戻した。

朝起きて温室の手入れ、みんなで朝食、それぞれ仕事、俺はフレキくんと薬院で仕事をして、ディアーナのところでも仕事をして……毎日が充実している。結婚しても生活の基本は変わらない。

今日は俺一人で、薬院で読書している。フレキくんはお休みで、アセナちゃんと一緒に図書館で勉強しているようだ。

今気付いたが、今日は雨が降っていた。心配なのはブドウ園だが、昨夜のうちにスライム製の屋根で全体を覆《おお》ったから大丈夫だろう。ハイエルフは風を読み、数時間後から翌日くらいの天気は必ず的中させる。雨の雑菌でブドウが悪くなることは今までに一度もなかった。

外では、ウッドやフンババ、ベヨーテが嬉しそうに水浴びしているし、薬院の窓から外を見ると、マンドレイクとアルラウネが嬉しそうに走っているのが見えた。

「たまーの雨も気持ちいいな」

シルメリアさんが淹れたカーフィーを啜りながら、のんびりと『緑龍の知識書《ムルシエラゴ・グリモワール》』をめくる。

新年会やビッグバロッグ王国への帰郷、緑龍の村で結婚式と、充実しつつも忙しい毎日だった。雨の日くらい、のんびり読書も悪くない。

「にゃうーっ！」

「わっふーっ！」

「つぶ!? みゅ、ミュアちゃん、ライラちゃん？」

いきなりドアが開き、ミュアちゃんとライラちゃんが入ってきた。思わずカーフィーを噴き出しそうになる。

二人はソファに寝転がると、猫のように身体を丸めた。

「にゃあ。たいくつ……ご主人さま、あそぼ」

「わうう。どろんこ遊びしちゃダメって、シルメリアが言ったの」

「あー……そっか」

そりゃ仕方ないな。さて、何をするか。

俺は本を閉じ、ソファに座る。すると二人が俺に甘えてきた。

「にゃぁ……ご主人さま、なでなでして」

「わうぅ、わたしも」

「はいはい。なでなで、なでなで」

「ごろごろ……」

「くぅん……」

あ、しまった。なでなでは遊びじゃない。これをすると……

「ごろろ……くぅ」

「きゅるる……」

寝てしまった。やばい、俺の太ももを枕にしてるから、動けない。

……ま、たまにはいいか。怪我人や病人も来ないし、二人の犬猫少女の昼寝に付き合っても。

静かな、雨音だけの空間……うん、今日もとっても平和です。


二人は、シルメリアさんに起こされるまで寝ていた。

起きてさっそく掃除を手伝うことになり、目をこしこし擦《こす》りながら出ていった。

甘やかしすぎるなと俺も怒られてしまいました……だって可愛いんだもん。

「子供、か……」

読書を再開し、窓の外を眺めながら思う。

このまま暮らしていけば、そのうち家族の間に子供もできるだろう。でも、俺の子供……どんな子が生まれるのかな。そういや、異種族婚って子供の種族はどうなるんだ？

「わからん」

まぁ、どんな子だろうときっと可愛い。

いつか、シルメリアさんと子供を作る約束をした。赤ちゃん銀猫って可愛いんだろうなぁ。

「お兄ちゃんお兄ちゃん！　シェリーと一緒にお菓子作ったの！」

「ちょっとクララベル！　落とすから走るなっての！」

「うぉぉぉっ⁉　び、びっくりした……」

いきなりシェリーとクララベルが、形の悪いクッキーを持って飛び込んできた。

そっか、二人とも今日は休みなのか。というか、クッキーって？

「あのね、たまにはお兄ちゃんと一緒にのんびりしたいなぁってシェリーが」

「ちょ、あんたも言ったでしょ⁉　あたしのせいにすんなっ‼」

「ふーんだ。わたしはお兄ちゃんと過ごしたいしー」

「あ、あたしだってそうよ！」

「ほらほら喧嘩すんな。クッキーを焼いたのか？」

「うん！　ちょっと不格好だけど……シルメリアの言う通りにやってみた！」

「砂糖入れすぎたのもあるけどね」

「じゃあ、カーフィーを淹れるか。おやつにしよう」

俺のところには、毎日必ず来客がある。

怪我や病気だけじゃない。こうして、遊びにくることだってあるのだ。

さて、せっかく二人が腕を振るったんだ。カーフィーは俺が淹れるかな。

◇◇◇◇◇◇

読書に没頭していると、すっかり暗くなっていた。

今日の怪我人、病人はゼロ。というか、怪我人はともかく病人はほとんど来ない。来ても飲みすぎて頭が痛いとか、食べすぎて腹が痛いとかばかり。実に平和だ。

「アシュト、夕飯よ」

「ああ、わかった」

「ふふ、今日も平和だったみたいね」

「そうだなぁ……仕事が少ないのはいいけど」

ローレライがクスっと笑う。あとの祭りだが、図書館で読書すればよかった、なんて。

まぁ、明日行こうかな。図書館の本もまた増えたしね。

「今日はマンドレイクの葉を使ったスープカレーよ。あと魚の切り身」

「おお、いいね。マンドレイクは喜んでるか?」

「ええ、どろんこ遊びで疲れたのか、はやく食べたいって騒いでたそうよ」

「ははは、そうか。せっかくだし、今度は子供たちとも一緒に食べようか」

「そうね、使用人の家と新居で分けるの、寂しいですもの」

今日も、とても平和だった。

しばらくは、のんびりと過ごさせてもらおうかな……

この作品に対する皆様のご意見・ご感想をお待ちしております。

おハガキ・お手紙は以下の宛先にお送りください。

【宛先】

〒150-6008 東京都渋谷区恵比寿4-20-3 恵比寿ガーデンプレイスタワー8F
（株）アルファポリス　書籍感想係

メールフォームでのご意見・ご感想は右のＱＲコードから、
あるいは以下のワードで検索をかけてください。

アルファポリス 書籍の感想　検索

ご感想はこちらから

本書はWebサイト「アルファポリス」（https://www.alphapolis.co.jp/）に投稿されたものを、改稿、加筆のうえ、書籍化したものです。

大自然《だいしぜん》の魔法師《まほうし》アシュト、廃《すた》れた領地《りょうち》でスローライフ5

さとう

2021年1月31日初版発行

編集－藤井秀樹・宮本剛・篠木歩
編集長－太田鉄平
発行者－梶本雄介
発行所－株式会社アルファポリス
〒150-6008 東京都渋谷区恵比寿4-20-3 恵比寿ガーデンプレイスタワー8F
TEL 03-6277-1601（営業） 03-6277-1602（編集）
URL https://www.alphapolis.co.jp/
発売元－株式会社星雲社（共同出版社・流通責任出版社）
〒112-0005 東京都文京区水道1-3-30
TEL 03-3868-3275
装丁・本文イラスト－Yoshimo
装丁デザイン－AFTERGLOW
印刷－中央精版印刷株式会社

価格はカバーに表示されてあります。

落丁乱丁の場合はアルファポリスまでご連絡ください。

送料は小社負担でお取り替えします。


ISBN978-4-434-28404-5 C0093